CELLE QUI SE MÉTAMORPHOSE

DU MÊME AUTEUR

Au moindre geste, Actes Sud, 2012
Du sexe, Actes Sud, 2014
L'Éducation occidentale, Actes Sud, 2019

BORIS LE ROY

CELLE QUI SE MÉTAMORPHOSE

roman

Julliard

Ouvrage publié avec le concours de l'agence d'édition Elisabeth Samama

ISBN : 978-2-260-05484-9
Éditions Julliard – 92, avenue de France 75013 Paris

D'après une histoire vraie

Je ne me fais plus d'illusion, je risque la perpétuité.

La présidente de la cour d'assises s'agace : Si ce n'est pas vous qui avez fait disparaître votre compagne, qui d'autre ? Votre personnalité fantaisiste a le don d'exaspérer le jury, des clarifications manquent, monsieur Mesme, on les attend.

Depuis le début de cette histoire, je dois avouer que j'ai la plus grande difficulté à ce qu'on ne me prenne pas pour un menteur ou pour un fou. Comment expliquer que la femme de ma vie a le don merveilleux de s'adapter à un monde en profonde mutation ? Dussé-je, moi, son homme, en être la première victime – dévouée malgré tout.

01

La première des métamorphoses est précédée d'un rêve dans lequel le visage de ma bien-aimée, que j'embrasse passionnément, se transforme en celui d'une vieille femme, puis en mon propre visage flétri – lorsque je me réveille.

Je crois être sorti du cauchemar. Mais au moment où elle me souhaite son « bonjour » quotidien, sa voix rauque m'évoque celle de la vieillarde qui me murmurait, dans mon sommeil, des mots doux à l'oreille. Je me redresse, en apnée.

Je pense être victime d'un résidu de la nuit. Je l'observe. Ses paupières sont closes. Elle a cet air émouvant et ce sourire satisfait. Je me rassure. Elle ouvre alors les yeux. Son iris est d'une anormale densité, d'un bleu crépusculaire. Je doute. Puis me raisonne : le regard est fonction du jour, de l'humeur, ou de la perception.

Elle se redresse à son tour. Ses cheveux tombent le long de ses épaules, de ses bras, jusqu'à couvrir ses seins, son ventre, et plus bas encore, son sexe : sa chevelure est démesurément longue ! Cette fois, j'en suis sûr, quelque chose a changé chez *elle*.

Je me recule, plaque mon dos contre le plâtre froid et me cogne la tête. Le son est sourd, le choc brutal. Je rugis de douleur. Je la laisse m'enlacer, m'embrasser, je me blottis contre ses rondeurs, maternelles, dont je reconnais – enfin – la douceur. C'est bon, cette chaleur du matin, c'est bon, cette peau qui glisse sur la mienne comme de la soie repliée sur elle-même. Tout serait oublié, tout, si son aisselle ne répandait un parfum inconnu, une âpreté indigeste, qui envahit mes sinus et le fond de mon crâne – c'est insupportable. Je tente de me soustraire à son étreinte, mais elle insiste, ses membres sont puissants, et nombreux : deux jambes se sont ralliées aux deux bras, comme les pattes d'une araignée qui papillotent sur moi. C'en est trop. Dégage ! dis-je, en la repoussant si fort qu'elle bascule à l'autre bout du lit.

Le temps est suspendu, la guerre est déclarée. Ses yeux noirs sont figés. Ils se noient. Jamais je ne l'ai rejetée de la sorte. Je veux lui demander pardon, mais elle se lève. J'attrape son poignet, je suis entraîné comme une ancre mal amarrée, avant de me relever. C'est elle maintenant qui est en arrêt, me fait face, yeux dans les yeux. Et chose hallucinante : elle m'égale en taille, peut-être même en poids ! Alors qu'ont changé sa voix, ses yeux et ses cheveux, c'est au tour de sa stature.

À ce moment-là, je lui dis ce qu'on ne dit pas à une femme, en tout cas, pas à la femme avec laquelle on vit depuis des années : Qui es-tu ?

Oui c'est ça, petit con, qui suis-je ? répond-elle en se retournant pour me montrer son cul, avant de se diriger vers la salle de bains.

Je déglutis, mes mains sont moites, mon souffle est court. J'entends la douche cracher des obscénités. Puis ce sont quelques flashes qui crépitent dans ma tête : mains savonneuses sur ses cuisses, sur ses hanches et ses seins, grandes eaux s'abattant sur sa chevelure et la vitre perlée. Mais quand je m'approche de la cabine, je ne vois que des membres dilués dans la vapeur, comme ceux d'une pieuvre comprimée dans sa cage en verre.

Qui est cette femme qui n'est pas la *mienne* ? Qu'arrive-t-il à celle qui n'est pas une autre non plus ? Suis-je en proie à une hallucination ?

J'aperçois le reflet indistinct de mon visage dans le miroir embué, que j'essuie pour mieux voir mes traits, inchangés, me semble-t-il : même vert de mes yeux, même blancheur de ma peau et même rousseur de mes taches.

Je m'adapte à cette situation inouïe, situation que je n'aurais pas supportée quelques minutes plus tôt, comme celui qui garde son sang-froid après avoir appris la mort d'un proche ou l'amputation d'un de ses membres. Comment en suis-je arrivé à comparer la métamorphose de mon amour avec l'amputation ou la mort ? Elle est vivante, moi-même suis entier, rien n'est tragique ni dramatique.

Un rapide panorama des lieux, que j'espère identiques à ce qu'ils étaient, me fournirait un premier réconfort, si la présence de cette femme n'avait pas toujours été une discrète absence, ni elle ni moi n'affectionnons les objets ou autres bibelots souvenirs : il n'y a que ces traditionnelles chaises et table en bois, ces étagères pleines de ces incontournables classiques, un de ces écrans distribués à toutes les nations, deux de ces meubles nordiques et fonctionnels, quelques-uns de ces vêtements fabriqués en Asie ; ce sont des affaires aussi *personnelles* que le sont les ordinateurs, les données, les opinions et les goûts, ce pourrait être à n'importe qui, entendons-nous bien, à n'importe qui de mon milieu, c'est-à-dire de la classe supérieure mais pas trop, car je suis un de ces chercheurs dont l'ascension sociale rappelle les échelons de ce piètre marchepied dont je me sers rarement pour attraper un livre.

Elle entre, portant pour seul habit une serviette essorant ses cheveux en chignon. Je dois me pousser pour la laisser atteindre la cuisine, le café, la machine et son percolateur. Et ça tape, serre, grince et hurle sous une haute pression qui crachote le marc et l'amertume.

Elle se retourne en affichant sa tasse et son noir regard pour tout voilage. Je la connais, disons que je connais celle qui subsiste en *elle*, elle n'est pas du genre à y aller par quatre chemins : elle me demande ce que j'ai ce matin. Ce que j'ai ? Je crois rêver. Je suis à deux doigts de lui demander si tout ce cirque est la mauvaise blague d'une sœur, d'une jumelle ou d'un clone, mais je préfère lui avouer qu'elle a *un peu* changé, selon moi. Elle m'examine d'un air morne, à peine surpris. Elle pose sa tasse, avant de se diriger vers la chambre et le dressing.

Tu ne peux pas t'en sortir comme ça, lui dis-je, en lui emboîtant le pas.

Je ne fuis pas, précise-t-elle, je m'habille ; et toi aussi, tu devrais t'habiller, ajoute-t-elle en baissant les yeux sur le tic-tac de ma virilité pendulaire, nous sommes en retard.

Je décide de l'imiter, moins pour lui obéir que pour entendre ses quelques cruautés.

Je voudrais éviter, poursuit-elle, une de ces discussions fastidieuses que d'aucuns nomment « de couple », car m'attendent pas plus tard que maintenant des calculs cosmologiques sur l'état énergétique des particules après le big-bang, nous attendent tous les deux d'ailleurs, car enfin, ô les imbéciles, non seulement nous vivons, mais nous travaillons ensemble.

Je n'adresserai plus la parole à cette *étrangère*, car une chose est sûre, *ma* femme – à noter que j'use du pronom possessif mais qu'il s'agit ici d'un terme générique, tout comme elle aime appeler *son* homme celui avec lequel elle vit mais avec lequel elle n'est pas mariée puisqu'elle ne permettrait jamais d'être possédée par personne –, ma femme ne m'aurait jamais parlé de cette manière : elle a toujours eu une délicatesse rare. Elle me sait sensible, susceptible. Tout à coup, je me sens aussi envahi par l'étrangère qu'abandonné par mon amour, que je suivrai malgré tout, pour le meilleur et pour le pire.

Elle a insisté pour conduire, ça aussi, c'est nouveau. J'accepte sans sourciller qu'elle prenne le volant. Ce sera l'occasion de penser à autre chose qu'au phénomène qui m'accable, de profiter du charmant lever de soleil, qui est l'un des nombreux accompagnements des voyages matinaux, comme les viennoiseries molles, les nouvelles radiophoniques, les artistes invités, les humoristes à abattre, les poids lourds qui s'évertuent à ne pas avancer, et l'occasion de contempler les touches des nuages sur le ciel hachuré par quelques cheminées industrielles, qui passe du bleu nuit à l'auroral orangé – ma peintre de mère déteint un peu trop sur mon *libre* esprit. Et pendant les minutes qui suivent, mon regard glisse de ma vitre à celle qui encadre le profil extatique de la femme, je procède à de multiples allers-retours, je ne peux finalement pas me concentrer sur autre chose que sur la situation – absurde : faire comme si de rien n'était alors que l'extraordinaire est survenu. Je rappelle que ma compagne a subi quelques métamorphoses bénignes pour qui ne la connaît pas, invraisemblables pour qui vit avec. C'est pourquoi je continue à observer du coin de l'œil ses (plus) longs cils, sa bouche (si) charnue, le sourire (trop) en coin, une assurance (davantage) inquiétante.

Arrête de me dévisager comme ça !

Comment « comme ça » ? dis-je, de mauvaise foi.

Comme une étrangère, un monstre, je ne sais pas, s'énerve-t-elle en soutenant mon regard, en le soutenant un peu trop longtemps, assez pour que je détourne le mien et sente la voiture trembler sur le relief du bas-côté, avant qu'elle donne un coup de volant, trop brusque pour concilier les facteurs vitesse, adhésion et nature du sol, l'arrière de la voiture chassant à droite, dérapant une demi-seconde en crabe, pour retrouver sa voie, quand un poids lourd pousse une plainte en nous croisant.

Je reprends ma respiration, tandis qu'elle, visage blême, gare la voiture sur le bas-côté. Elle mâchonne quelques obscénités, puis extirpe son interminable corps de l'habitacle, contourne la voiture en titubant comme une sauterelle blessée, plante ses deux pattes au bord du fossé, se plie en deux, et se vide dans un râle répugnant. À ce moment-là, je pressens que cette histoire va mal finir.

Le visage de l'agent de sécurité est sinistre, sa voix *recto tono* et sa volonté inflexible. Que je vous connaisse ou pas importe peu, souligne-t-il, vous devez présenter votre badge pour entrer en zone, les directives sont les mêmes pour tous, l'état est d'urgence, l'arrêté est fixé, la zone est réglementée, toute personne cherchant à entraver l'action des pouvoirs publics ou refusant de se soumettre est passible d'emprisonnement ou d'amende, ou les deux, attention, je ne dis pas cela pour vous terroriser, mais pour vous informer, le monde change, ce n'est pas uniquement une perception, des gens comme vous (il doit parler de son type caucasien et de son air diplômé) se feront sauter un jour dans un de ces réacteurs.

Ce n'est pas un réacteur nucléaire, précise-t-elle, c'est un accélérateur de particules, qui sert moins à produire de l'énergie qu'à répondre à des questions fondamentales du genre « Comment la matière acquiert-elle sa masse ? ». Vous n'êtes pas sans savoir que la réponse dépend de ce fameux boson de Higgs qui est une sorte de « boue » s'agrégeant sur une matière sans poids, ajoute-t-elle en examinant les pieds de l'agent, puis sa tête ; ce n'est certes pas une question qu'on se pose tous les matins en se regardant dans le miroir, mais elle – la question, pas la boue – contribue à expliquer la genèse de notre univers.

Et l'agent, peu susceptible, d'enchaîner par un « Oui oui, je sais bien ce que vous trafiquez là-dedans ». D'ailleurs, à ce propos, puisque je tiens une scientifique de votre niveau, j'aimerais vous poser une question : pourquoi appelle-t-on ce boson la « particule de Dieu » ?

En guise de réponse, ou simplement pour l'emmieller, elle lève les sourcils d'un air énigmatique, puis se tourne vers moi, qui ne suis plus que l'ombre de moi-même à force d'attendre qu'elle cesse ses enfantillages.

Le badge doit être dans mon sac à main, m'ordonne-t-elle.

En docile partenaire, je fouille et farfouille parmi les multiples objets, le trouve enfin et, au moment où je le lui tends, je remarque une chose étrange… mais elle me l'arrache des mains pour le présenter à l'agent, qui scrute la photo d'identité, puis son visage, puis à nouveau la photo d'identité, il plisse les yeux – a-t-il noté une différence entre la photo et le modèle, ou provoque-t-il la femme ? Il semble que ce soit la deuxième supposition, puisqu'il ricane, disons qu'il est difficile de savoir si c'est un signe d'ironie ou un tic guttural. Elle attend que le zèle de l'agent et la barrière se lèvent, avant de me rendre le badge.

Je peux vérifier ce que j'avais remarqué quelques instants plus tôt : son prénom « Anne » est désormais orthographié « Ann ». Le *e* a disparu, lui lancé-je, moins par naïveté que pour la tester. Elle me regarde du coin de l'œil, puis me demande si je veux parler de la disparition du « rond pas tout à fait clos fini par un trait horizontal ». Je cherche dans ma mémoire ce que cette phrase me rappelle et, ne trouvant pas, je dois esquisser une moue aussi floue que son énigme.

La voiture s'arrête devant un cylindre gigantesque qui s'enfonce dans la pelouse comme une soucoupe échouée de laquelle entreraient et sortiraient des envahisseurs ayant pris l'apparence humaine : visages extatiques, teints sans soleil et sans sommeil, yeux cernés, costumes taupe et tailleurs roses.

Le hall, vitres fumées et murs en teck, où sont répartis les ascenseurs descendant sous terre, va bientôt être le théâtre d'une autre extravagance : le personnel administratif qui habituellement me salue avant Ann(e) accueille celle-ci d'un sourire servile. Elle semble avoir acquis une aura que je pourrais qualifier de « supérieure », alors que ce même personnel jette sur moi un regard compatissant, presque désolé. Le mâle que je suis constate l'absurde asymétrie de ce jour. Les effets de son charisme et l'absence d'attention sur moi me troublent, m'oppressent, quand les portes de l'ascenseur se referment sur moi.

La mini-foule recule et m'écrase contre la paroi. Ann me saisit la main. Je me tourne vers elle, et retrouve le visage de l'aimée, non pas que la nouvelle figure ait rétrocédé, non, les cheveux sont toujours longs, le regard aussi sombre, mais quelque chose de profond émane d'elle, un lien inaltérable, sur lequel je peux compter. Ses yeux brillent pour moi. Je suis pris d'une émotion intense, comme si elle venait de me dire « je t'aime » après m'avoir quitté. Et dans ce silence suspendu, la cage d'ascenseur continue sa descente vers le centre de la Terre avant que les portes s'ouvrent sur la salle de contrôle.

Des dizaines d'écrans sont disposés dans une alcôve en demi-cercle, d'autres sont accrochés sur un mur. Dans cet *open space*, les individus sont dispersés en petits groupes, tournés vers les tâches d'analyse des données, tandis qu'à mon arrivée, jeune thésard, travaillant à l'amélioration d'un détecteur destiné aux particules fraîchement formées, les mêmes chercheurs se réunissaient dans une salle modeste autour d'une unique table pour penser la structure de l'univers.

Je me dirige vers mon bureau, et c'est maintenant que la plus grande extravagance se produit : alors qu'Anne a pour habitude de me suivre pour retrouver son poste situé à quelques mètres du mien – j'assume que mon lieu de travail (chronophage) ait pu être mon agence matrimoniale, c'est ici que, le soir où nous fêtions la détection du boson de Higgs, dont l'existence était pressentie depuis un demi-siècle, j'ai embrassé pour la première fois la femme de ma vie –, cette femme, qui devrait s'asseoir en face de moi, change de trajectoire pour ouvrir la porte d'un bureau sur laquelle une plaque indique :

Ann Alter
Responsable scientifique du projet NHC

ma supérieure directe, hier c'était une tout autre femme, proche de la retraite. Son rôle n'est pas celui d'une expérimentatrice, comme est censée l'être la professeure Anne Alter, qui analyse les données, vérifie ou réfute les théories, non, le responsable, lui, coordonne les sites, organise les rencontres, communique au sein de la communauté, gère le budget, bref, réalise un travail de chef d'entreprise, secondé par des experts, comme moi :

Nathan Mesme
Physicien expérimentateur

Je reste bouche bée en la voyant entrer dans le bureau vide, sans frapper, sans prévenir, dans *son* bureau donc.

Apparaît dans mon dos, comme une brise glaciale qui souffle sur ma nuque, mon collègue, Gabriel, dont la gueule d'ange cache mal un regard de chacal braqué vers la chevelure qui disparaît. Profitant de tenir un témoin, je lui demande depuis quand Ann(e) est responsable du projet.

Depuis toujours, s'étonne-t-il, tu devrais le savoir, c'est ta compagne, pas la mienne.

Depuis toujours ? répété-je, avant de voir Ann ressortir du bureau, vêtue d'une blouse blanche, tenant à la main un casque et des lunettes de protection.

Tu ne trouves pas que quelque chose a changé chez elle ?

Gabriel ne voit pas, non.

Une dizaine de techniciens portant blouse blanche, casque et lunettes, sortent de l'ascenseur puis se dirigent vers une porte blindée que l'homme de tête ouvre, si bien qu'au-dessus de lui, une lumière rouge se met à clignoter indiquant qu'un intrus a pénétré dans l'un des plus puissants accélérateurs de particules au monde : le Nouveau Collisionneur de Hadrons.

Les techniciens rejoignent les boyaux métalliques constitués de fils, résistances, cavités, électro-aimants et durites. C'est la matrice d'un univers artificiel et miniature qui reproduit les conditions énergétiques du big-bang, vers laquelle, à son tour, la femme se dirige.

En la suivant du regard, Gabriel rectifie sa réponse : peut-être voit-il quelque chose qui a changé chez Ann.

Oui ? dis-je, plein d'espoir.

Les cheveux, affirme Gabriel.

Quand j'entends cette dernière phrase, je suis prêt à fondre en larmes : je ne suis pas fou, mon collègue – et ami ! – a remarqué l'évidence. J'observe une ultime fois la blondeur de ses longues mèches irradiant sous les néons. La belle m'offre un sourire à damner un saint.

Elle les a coupés, ajoute Gabriel.

Coupés ?

Il me semble.

Je me tourne vers lui, puis à nouveau vers ma traîtresse, qui se tient dans l'encadrement de la porte. Au-dessus d'elle, la lumière rouge, verticale, laisse apparaître une seconde sur deux un visage diabolique, dont la couleur hémoglobine évoque celle des lèvres outrageusement peintes des actrices de série B qui poursuivaient leur proie, en petite culotte, un couteau de boucher à la main, alors que mon amoureuse du moment, assise à mes côtés dans la salle obscure, griffait si fort ma cuisse que mes parties intimes remontaient par réflexe et d'effroi.

La vision de ce double visage est en train de m'envoyer un message clair et net, voire grossier, que je n'apprécie pas à sa juste valeur, car le scientifique que je suis a besoin de preuves ; je ne crois même pas ce que je vois, seulement ce que je mesure, et encore, je suis bien placé pour savoir que dans mon domaine, celui de la mécanique quantique relativiste, la mesure varie en fonction de l'observation, phénomène qu'on nomme « décohérence ». Le mot rappelant bien l'*incohérence* de ma situation. Pour illustrer mon propos par un exemple prosaïque : inutile d'obtenir un doctorat en mécanique relativiste pour noter que la mesure de votre virilité varie selon que vous soyez observé par une déesse en rut ou par un médecin militaire. Je continue de fixer la femme qui enfile ses lunettes de protection et son casque, avant d'entrer dans le tunnel.

Ils vont constater le dysfonctionnement survenu la veille au soir, lance Gabriel en faisant volte-face.

Quel dysfonctionnement ?

Il est déjà trop loin pour m'entendre, tout comme l'est la femme qui a disparu dans ce tunnel de plusieurs dizaines de kilomètres, là où est inséré le système magnétique supraconducteur refroidi par l'hélium liquide et l'ultravide, alors que des centaines de milliards de hadrons accélérés, guidés et maintenus en circulation par des milliers d'électroaimants, se heurtent et se transforment en une myriade de nouvelles particules.

La disparition de la figure humaine dans l'art contemporain est un des signes révélateurs de la fin de l'humanité, affirme ma mère, devant son chevalet, un pinceau à la main et un œil sur son fils unique et modèle. D'ailleurs, les visages n'apparaissent que sur le tard, continue-t-elle, l'homme préhistorique ne représente que des masques qui, comme leur nom l'indique, les *masquent*, ces visages. La représentation de la figure est un épiphénomène qui s'efface au XXe siècle durant lequel les génies mettent toute leur énergie à la détruire : Picasso la réduit à des cubes, Bacon à des distorsions, le *body art* à des automutilations, l'abstraction la fait tout bonnement disparaître, et même aujourd'hui l'art des arts, le cinématographe, dont le sujet principal reste le visage en gros plan, cultive une passion pour le *serial killer* qui le découpe et le dépèce.

Elle s'octroie une pause, moins pour se concentrer sur son chef-d'œuvre – le portrait de sa progéniture – que pour installer un temps de solennité dans son cours magistral, ou peut-être a-t-elle perdu le fil de sa pensée constituée d'une telle succession d'antithèses que je me demande, étant pourtant fort admiratif de mon intellectuelle de mère, si elle n'a pas oublié la question que je lui ai posée une demi-heure plus tôt et qui portait sur sa perception du visage et de ses transformations possibles, question davantage posée pour la préparer à la transfiguration de sa belle-fille que pour l'écouter disserter sur l'art.

Si au moins les contemporains procédaient à une dénonciation du nihilisme, reprend-elle, ou montraient une fascination pour la mort, une esthétisation du mal, même complaisante, pourquoi pas, je pourrais comprendre, mais bien souvent c'est le petit concept d'un gros abruti, assène-t-elle en jetant son pinceau dans le pot de térébenthine, avant d'en attraper un plus large, plus touffu, plus dense, qu'elle manie avec une énergie inquiétante. Je me souviens, dit-elle, qu'un de mes professeurs m'avait avoué être gêné lorsqu'il entendait ses collègues pérorer sur l'urinoir de Duchamp tandis que les scientifiques, eux, discutaient le code génétique ou la théorie de la relativité générale. La différence de niveau intellectuel était hallucinante, tu dois être familier avec ce type d'exemple, n'est-ce pas ?

J'acquiesce d'un mouvement imperceptible de la tête pour ne pas bouger le reste du corps.

Aux Beaux-Arts, les imposteurs pullulaient davantage dans les cafés à défaire le monde que dans les ateliers à le dessiner d'après nature, affirme ma mère dont la leçon d'art plastique est d'autant plus longue que son fils modèle pose depuis des heures. Après plusieurs pincements de nerfs et torsions de vertèbres, mon corps est sur le point de se statufier pour devenir un petit tas de poussière abstrait.

L'artiste a une responsabilité morale, proclame-t-elle, l'éthique est indissociable de l'esthétique, le face-à-face de l'homme et de son semblable est un art *premier*, dit-elle en riant de son jeu de mots, avant d'afficher un air pénétré pour citer Primo Levi (qui lui-même cite Dante) quand il évoque son arrivée à Auschwitz : « Ici, ce n'est pas la place du visage, du face-à-face de soi avec autrui », puisque dans les camps, si le matricule remplace le nom, le masque uniforme de la faim se substitue au visage, explique-t-elle en frotti-frottant son pinceau avant de le plonger dans son bocal. Voilà, la deuxième couche est terminée, tu peux venir voir.

Je me déplie en laissant craquer mes vertèbres et mes articulations, puis j'avance en cherchant mon équilibre, un peu comme lorsque, enfant, je traversais l'atelier pour poser mes deux menottes bien à plat sur la palette de couleurs, et recouvrir ma figure d'un masque amérindien.

Je contemple le tableau. Le portrait est d'une beauté éblouissante : les yeux sont immenses, la peau reflète quantité de tonalités, à tel point que je pense à la Transfiguration du Christ, dont le visage resplendit comme le soleil (je demande pardon à ma juive de mère qui n'aimerait pas cette catholique référence même si son sentiment d'appartenance à la communauté juive est moins lié à la religion qu'à la Shoah). La matière, composée de multiples touches bleues et blanches, semble vibrer et changer de teinte en fonction de l'angle que j'adopte.

J'admets que c'est beau.

C'est gentil, répond-elle.

Mais j'ajoute que ça ne me ressemble pas, je connais ma valeur plastique, sans vouloir dénigrer mon patrimoine génétique. Ma mère n'est pas d'accord : les traits ne sont peut-être pas identiques, mais le portrait est à l'image de ce qu'elle ressent du face-à-face avec son fils ; la fidélité n'est pas prioritaire, seul le tableau importe, ce qu'il exprime, et si l'artiste transcende le modèle, c'est réussi, se félicite-t-elle en attrapant le plus fin de ses pinceaux pour retoucher un détail de la pupille.

En temps normal, j'acquiescerais, mais depuis qu'est advenue la métamorphose de ma compagne, expérience traumatisante, depuis que ma perception semble s'effondrer, rien n'a d'intérêt que la nécessité de démêler le vrai du faux, d'écarter la subjectivité pour l'objectivité, comme un désir enfantin, une utopie psychotique ; en gros, j'ai besoin de preuves et non d'interprétation.

Ann – que je n'ai pas vue depuis ce matin – fait son apparition. Et c'est à nouveau un choc : même si la mémoire à court terme a enregistré les changements, la mémoire à long terme a repris le dessus, si bien que je dois faire un effort pour ne pas m'émouvoir quand elle s'approche de moi.

Je ne veux pas déranger, dit-elle, en passant si discrètement que je me demande si ma mère, s'escrimant sur un détail du tableau, l'a remarquée, je me demande même si cette femme existe, sapristi !

Je fixe Ann, puis le regard de ma mère dirigé vers Ann, cette dernière se mettant à siffloter comme si de rien n'était, avant de disparaître dans un coin de l'appartement.

J'attends : j'ai obligé ma pauvre maman à transporter la moitié de son atelier chez moi, dans le seul but de la confronter à sa belle-fille ! Et ma mère, qui sent bien qu'elle doit dire quelque chose – elle connaît son fils comme elle-même, comme la prolongation unilatérale d'elle-même – s'exprime enfin : Tu as eu raison de changer de petite amie.

Je suis stupéfait, mais je ne me démonte pas, j'en ai vu d'autres.

Tu ne trouves pas que la nouvelle Ann ressemble à la précédente ? dis-je en appuyant sur « nouvelle » et sur « Ann », essayant de signaler l'étrangeté suivante : si nouvelle petite amie il y a, son prénom, à une lettre près, est le même.

Elle ne lui ressemble pas vraiment, non, répond-elle en prenant son chiffon imbibé pour effacer une zone de l'œil, créant ainsi un trou béant à la place de la pupille, me donnant un faux air d'Œdipe après qu'il a éliminé son père et trop « servi » sa mère. Celle-ci est mieux, ajoute-t-elle, je n'aimais pas la précédente.

Je la remercie de partager son élégant avis après toutes ces années.

Celle-ci a plus de caractère, continue ma mère – qui a toujours apprécié mes choix, préférant ce que je devenais à ce que j'étais, à tel point que les années passant, je doute de son capital amour au tout début de notre relation de plus de trente ans.

Et puis elle est plus belle, conclut-elle.

En entendant cette dernière réflexion, je me souviens que la première (sensation de) transfiguration à laquelle j'ai assisté est le résultat d'une incantation assez similaire – inconsciente ou diabolique, je ne saurai jamais – mais l'histoire est à peu près la suivante.

Alors que j'avais onze ans, et que je passais des vacances dans un mas cévenol, la fille des voisins, ayant remarqué le caïd impubère que j'étais, m'avait invité un soir à la rejoindre dans la chambre qu'elle partageait avec son frère et la petite amie de ce dernier. Elle avait quinze ans. C'était déjà une femme, aux seins lourds. Elle me dépassait d'une tête. J'ai oublié son visage, mais pas notre premier baiser dans la nuit noire, alors qu'à quelques mètres de nous, l'autre couple se bécotait en gloussant. Nous étions assis sur le lit lorsqu'elle m'a demandé si j'avais déjà embrassé une fille. Non. En avais-je envie ? Oui, j'en avais envie, mais ne savais pas comment faire. Elle allait m'apprendre. Quand sa langue chaude et humide a envahi ma bouche, j'ai ressenti un plaisir si intensément doux que je m'en souviens encore. L'union a duré toute la nuit, pendant laquelle je découvrais toutes les voluptés : des baisers interminables aux multiples caresses, d'abord tendres, puis de plus en plus intimes, à l'exception de l'acte à proprement parler. C'est moi-même qui avais refusé. Je me savais trop jeune, ma virilité pourtant tendue à l'extrême était davantage tournée vers la terre que vers le ciel. La fille ne s'en est pas offusquée, au contraire, ses longs doigts fins se sont saisis de mon adorable petitesse, jusqu'à me faire connaître une finalité aussi intense que mon absence de semence. J'ai été jouisseur avant d'être homme, j'ai connu le plaisir par une femme avant de le connaître par moi-même, j'ai connu le corps d'une femme avant le mien, la femme avant moi-même. Le flirt a duré une semaine. Un jour, nos deux familles ont décidé de randonner. Je la regardais marcher, plein d'admiration pour la fille de quatre ans mon aînée ayant eu du désir pour moi, un désir aussi pervers que sublime – qui veut juger jugera –, quand ma mère m'a lancé : « Qu'est-ce qu'elle est moche et vulgaire cette adolescente ! » Alors que je n'avais pas encore émis le moindre avis sur ce visage dont j'aimais surtout les yeux brillants de la nuit, la voix tendre, les lèvres et la langue si douces, il a changé du tout au tout. Je ne le trouvais ni moche ni vulgaire, mais j'ai eu l'impression de m'être perverti avec un sujet inférieur. La beauté entrait dans le champ de la morale. Ce n'est pas à partir de ce moment-là que j'ai commencé à m'intéresser à un certain type de physique, celui qui respecte les canons esthétiques de mon siècle et de ma culture, cela avait débuté avant et se préciserait tout au long de ma vie de mâle, mais ce jour reste un événement : il n'y aurait jamais plus une telle contradiction entre la tendresse que j'avais ressentie pour un être et la peur du jugement que cette même tendresse pouvait induire.

Seul dans la pénombre du salon à peine éclairé par mon écran LCD, je fais défiler les rares photos d'Anne, sur lesquelles ses cheveux sont courts, mais les clichés datant de plusieurs mois, ou de plusieurs années, les cheveux poussant à raison de dix à douze centimètres par an, ils ne démontrent rien. Les yeux sont aussi pixélisés que peut l'induire la définition moyenne de mon appareil, et les positions du corps ne permettent pas d'évaluer avec précision sa taille. Ce n'est pas un hasard si les condamnés par la justice sont pris en photo devant une toise, me dis-je, en scientifique contrarié, alors que je m'arrête sur une image la montrant le visage blanchi et les yeux rougis par le flash, en train de danser sur une piste, le corps torsadé comme une barre de réglisse sur un fond noir qui laisse apparaître quelques silhouettes d'âge et de corpulence approximatifs. Le cliché suivant l'expose en blouse ; un autre en tailleur strict ; un troisième en jean et baskets. Je m'agace, je ne pourrai jamais saisir ses multiples facettes, surtout à notre époque où un individu voit plusieurs fois le cours de sa vie bifurquer, ses différentes activités se superposer dans une même temporalité, pensé-je, moins influencé par les travaux sociologiques que par les théories des univers parallèles qui décrivent séparément deux états simultanés, théories dans lesquelles je vais devoir me replonger à la lumière de cette expérience afin d'expliquer, qui sait, le phénomène dont je suis témoin.

Je m'arrête sur la photo prise lors de la soirée de son vingt-neuvième anniversaire : une expression neutre, le visage de face, le regard oblique, dirigé, ce me semble, vers la part de gâteau sur laquelle est plantée une bougie. Attendri, je pense que les yeux de mon aimée reflètent cette gourmandise que je lui connais, jusqu'à ce que ce même regard révèle autre chose, rien de précis, je zoome dans l'image, une impression étrange de dualité, je zoome encore, quand… deux mains viennent se poser sur mes épaules – je sursaute !

C'est Ann, qui rit, puis m'embrasse dans le cou. Son haleine est alcoolisée, et sa tête pleine du blabla de ses amis, dit-elle, dans une béatitude lasse, avant d'examiner la photo. Elle trouve son regard triste. Je lui demande ce qui lui fait dire cela. Elle désigne une silhouette assise à la table des convives, de trois quarts dos, vers laquelle son regard pourrait tout aussi bien se diriger : sa sœur porte un turban, rappelant qu'elle subissait une chimiothérapie. Je ne l'avais pas remarquée, je ne me souvenais même pas qu'elle était là, ne me souviens d'ailleurs pas quand j'ai vu sa sœur pour la dernière fois. Dans ce trouble, je continue d'observer le visage neutre.

J'y vois de la tendresse, dis-je, après avoir noté, dans le même axe, derrière sa sœur, une fillette.

Ma nièce, précise-t-elle.

Je ne sais alors plus si ce sont les événements qui ont changé, ou bien si ma mémoire me fait défaut, ou si mes souvenirs et ceux d'Ann s'opposent, ou encore si c'est l'analyse de la photographie elle-même qui diffère, puisque suivant ce que semble regarder Ann, la perception évolue, générant une « illusion de synthèse associative ».

Ann met un bras autour de mon cou et s'attendrit sur les photos qui défilent : les rouleaux de l'océan qui frappent son corps écumant ; son corps allongé dans une dune ; ma main posée sur sa hanche ; (le souvenir de) mes doigts qui effleurent les côtes ondulant comme les replis du sable ; la brise caressant l'épiderme perlé par la chaleur et le désir ; sa respiration dans le creux de mon cou ; et (à présent) sa main sur ma joue éclairée par les images de notre passé commun ; ma main relevant la robe qui découvre ses cuisses.

Elle s'assied sur moi à califourchon. Ses rondeurs sont nouvellement lourdes, ses lèvres depuis peu si pulpeuses. Sa main d'une expertise inédite se saisit de ce dont elle a le plus besoin pour assouvir son sublime caprice. Et quand nous nous mettons d'accord pour une fusion passagère, je reconnais l'étroitesse de son intimité mais pas l'intimité de ses désirs. Cette femme est un savant mélange de connu et d'inconnu, d'autre et d'elle-même. Je suis aussi ému par ce qui m'est familier que perdu par la nouveauté, ou bien est-ce le contraire, mon désir et mon amour pour elle ne faisant qu'un, comme si la passion des débuts renaissait. Je me sens défaillir. J'aime cette femme, qui diable qu'elle soit !

Comment être sûr que cette femme est la *mienne* ? Couché aux côtés de la créature endormie, j'ose à peine la toucher, juste tendre ma main vers la chevelure tentaculaire. Comment puis-je l'identifier comme la même ? Je caresse ses cheveux. Elle esquisse un sourire bienheureux. Je dois chercher un critère d'identité stable. Elle se retourne et colle son dos contre mon torse. Le corps pourrait être un critère mais il change tout au long de la vie. Elle prend une de mes mains et la baise. Un critère psychologique serait trop subjectif. Je l'embrasse dans le cou. Elle me répond par un soupir attendri. Je ferme les yeux pour essayer de trouver le sommeil. Quand on dort, l'interruption de la conscience n'est pas une interruption de l'identité, me dis-je, vaporeux – avant de m'endormir.

02

Un masque aussi grand qu'une voilure et aussi léger que l'air s'approche par saccades sans atteindre mon visage, c'est le masque du diable, vu par un enfant, qui m'accule ; je veux me réveiller mais n'y parviens pas, comme si ma naissance imminente n'arrivait jamais, jusqu'à ce que, sans transition, ma libération soit accompagnée par le cri terrorisé du nouveau-né qu'on pose sur le ventre maternel, me voici apaisé, ma mère me parle, m'appelle, j'entends mon prénom au loin – avant de me réveiller.

Je macère dans le jus de la nuit, mon ventre est humide, mon cœur battant. Tu as fait un cauchemar, soupire l'aimée vers laquelle je me tourne, quand... je bondis pour m'éloigner de la masse noire posée là comme une charogne dans un désert de sel. Fausse alerte, la masse est une simple chevelure, qui se déroule pour découvrir le visage. Et c'est comme si je voyais double, comme si le visage de la veille se superposait à celui d'aujourd'hui : deux mirages qui se fixent pour former une synthèse déroutante. La métamorphose, cette fois, est spectaculaire : la peau est mate, les yeux sont gris et la bouche est violette. Ann, si c'est elle, semble avoir des origines latines, ou nord-africaines, juste blanchies par quelques lessives occidentales. Son parfum de vanille musquée appelle à l'ivresse. J'observe la créature. Et parce que je dois m'accrocher à la réalité, je retrouve chez elle les traits d'un de mes premiers amours – platonique – rencontré quand j'étais étudiant.

C'était lors d'une installation au cours de laquelle un artiste célèbre avait plongé nu au fond d'une piscine pour croquer une touffe de crin placée entre les cuisses d'une sculpture de femme dont les seins d'ébène oscillaient sous l'eau, avant de remonter à la surface, la bouche pleine de la motte ensanglantée, sous les applaudissements du public ravi, où se tenait, extatique, une jeune femme à la beauté insolente : la fille du *performer*. Nous avions beaucoup en commun : son père était un artiste (comme ma mère) et sa mère était ashkénaze (comme la mienne). Nous nous reverrions, irions au théâtre, au cinéma, et échangerions quelques romanesques romans. Elle passerait si fréquemment chez moi qu'elle finirait non pas dans ma chambre mais dans celle de mon colocataire, un sportif au sourire craie et à la musculature mutante, qui la quitterait après quelques copulations bestiales. Ainsi fus-je initié à la volte-face de celle qui trahissait ses goûts pour la romance. C'était la deuxième (sensation de) métamorphose à laquelle j'avais assisté dans ma vie.

Je n'ai plus jamais pensé à elle, jusqu'à ce matin, jusqu'à ce que *cette* femme réapparaisse sous les traits de la traîtresse. Je me demande alors si les métamorphoses ravivent les souvenirs, ou si, au contraire, les zones d'ombre du passé produisent les transformations, comme une malédiction qui prendrait corps dans le corps de l'aimée, me dis-je en continuant de contempler le visage sensuel, éblouissant de noirceur, tant la lumière réfléchie par sa peau, tantôt aplats de soie tendue, tantôt stries des rides naissantes, convertissent les *outrenoirs* en gris clairs. Je suis aussi fasciné qu'effrayé par ce masque tabou et ce corps totémique.

Elle se lève et montre une toison aussi noire que ses cheveux, puis elle se dirige, sans surprise, vers la douche.

Le crépitement de l'eau est une invitation à agir dans son dos ; je fouille dans son sac, avant de trouver son badge :

Anna Alter

Cette fois, c'est un *a* qui est apparu à la place du *e* manquant. Le nom de famille, l'adresse et l'année de naissance n'ont pas changé. En revanche, le laissez-passer ne couvre pas la zone du Nouveau Collisionneur de Hadrons, mais celle du Commissariat à l'énergie atomique et aux alternatives, ce dernier site étant situé à plus de cent kilomètres du premier.

Je me souviens de m'être entretenu à plusieurs reprises avec un groupe d'intellectuels du Commissariat qui menait une réflexion sur les enjeux philosophiques de nos recherches. Il y a trois ans, peut-être moins. Cette démarche avait abouti à la rédaction de deux rapports. L'aurais-je rencontrée à cette occasion ? La question ne valant que si ma mémoire me fait à ce point défaut que je remettrais en cause mon propre passé, car je ne me souviens d'aucune femme faisant partie de l'équipe.

J'attrape ensuite un document relié, dont Anna est l'auteur : *Éloge philosophique du NHC. Analyse de l'instrument scientifique sous l'angle de la philosophie des techniques*. Je feuillette le contenu, et m'arrête sur le *curriculum* : Anna est diplômée d'un doctorat de philosophie en physique des particules, membre du Laboratoire de recherche sur les sciences de la matière. Un doctorat de philosophie en physique des particules, et non de physique des particules tout court…

Elle entre dans la chambre, dégoulinante. Je ferme le document et m'excuse de l'avoir consulté – simple curiosité. Elle me regarde du coin de l'œil : tant que le rapport n'est pas publié, il reste confidentiel.

Bien sûr, dis-je, gêné, en glissant le document dans son sac.

Après avoir fini de s'habiller, elle m'embrasse : Je suis en retard, je petit-déjeunerai dans le bus, à ce soir.

Elle se dirige vers la sortie, claque la porte, me laissant tout ému, nu et démuni, car, pour la première fois en cinq ans – peut-être trois –, elle est partie sans moi.

Le trajet pour me rendre au travail me paraît long. Est-ce la multitude de questions qui me taraudent, ou bien le silence et la solitude qui semblent interminables, ou encore un chemin relativiste que j'emprunterais sans le savoir ?

Le boson de Higgs, expliqué-je à l'agent de sécurité, doit son surnom de « particule de Dieu » au Prix Nobel Leon Lederman, auteur de *The God Particle*, qui a joué avec les mots *goddamn particle*, « fichue particule », dis-je, fier d'apporter une réponse à la question posée la veille.

L'agent de sécurité ne semble pas comprendre, et pour cause, il n'a aucun souvenir de la femme *qui n'est plus*. Il me regarde avec un air suspicieux, avant de déclarer que je peux raconter ce que je veux concernant la particule de Dieu, lui, en tout cas, a décelé une anagramme de l'« accélérateur de particules » : « éclipsera l'éclat du créateur ».

Ébahi, je vérifie deux fois dans ma tête l'inversion des lettres, pendant que la barrière se lève sur le sourire machiavélique de l'agent.

La science pourrait-elle expliquer les métamorphoses ? me dis-je, les yeux dirigés vers la porte du bureau de ma supérieure, sur laquelle est inscrit *Lili T. Responsable du projet NHC, ma* responsable, que je vois enfin sortir, une quinquagénaire, cheveux courts, vêtue d'une blouse blanche et tenant à la main un casque et des lunettes de protection. C'est comme un jour sans fin qui se répète mais se décale, alors qu'apparaît dans mon dos, sans surprise, mon collègue Gabriel, à qui je demande depuis quand cette Lili T. est responsable.

Depuis toujours ! s'étonne Gabriel.

Perplexe, je constate que personne ne remarque la « disparition » d'Ann, quand je vois les techniciens, portant blouse, casque et lunettes, sortir de l'ascenseur et s'avancer vers la porte blindée que l'homme de tête ouvre avant que la lumière rouge clignote comme si elle ne s'était jamais éteinte.

L'équipe du programme Neutrinos a relevé que des particules auraient voyagé plus vite que la lumière, lance Gabriel, hilare à l'idée que les résultats puissent défier la théorie de la relativité d'Einstein.

Je rirais tout autant si je ne devais pas croire en l'incroyable pour expliquer l'inexplicable, pensé-je, pendant que les techniciens entrent dans le tunnel.

À mon tour, je saisis une blouse et des lunettes, les enfile en me dirigeant vers la porte encore ouverte. Pour obtenir l'autorisation de passer la deuxième porte hermétique, une caméra scanne mon visage et enregistre mes informations biométriques, afin que le NHC ne s'enclenche pas et ne nous irradie pas par un de ses rayons gamma. « Les portes de l'enfer », clament les ignorants qui dénoncent les dangers de l'accélérateur en affirmant que le monde pourrait être aspiré dans un trou noir qu'une des équipes essaierait de créer pour démontrer l'existence d'univers parallèles et de ponts les reliant. Il est vrai que l'accélérateur utilise une énergie considérable, mais quand bien même des trous noirs se formeraient, ils seraient si petits qu'ils se désintégreraient aussitôt. Je serais prêt à remettre en question cette théorie de l'évaporation pour justifier la possible « duplication » de mon aimée, et conjecturer qu'un humain pourrait être aspiré par un de ces mini-trous noirs. Ma femme aurait-elle quitté un univers pour un autre, laissant une autre elle-même entrer dans la dimension présente ? Je commence à redouter que mon niveau intellectuel ne passe de celui d'un docteur en physique des particules à celui d'un lecteur de *comic books* à peine sorti de première S.

La responsable demande aux techniciens de vérifier le branchement des câbles de synchronisation optique des horloges de précision, elle soupçonne qu'une mauvaise connexion raccourcit le relevé du temps de parcours des neutrinos. Une simple erreur de circuit concernant des mesures de vitesses : rien à voir avec une fuite de gravité ou une dimension parallèle.

La folie aussi pourrait expliquer l'inexplicable. La psychiatre urgentiste prend très au sérieux la raison de ma visite, surtout lorsqu'elle apprend que les prétendus symptômes touchent moins l'homme que la femme – étrange cohésion féminine, empathie inversée, puisque même si les mutations affectent ma compagne, c'est moi qui en souffre, me permets-je de lui dire, ce à quoi elle me répond : Qu'est-ce qu'on connaît de l'autre ? Lacan affirmait que la perruche de Picasso était amoureuse de son habit parce qu'elle s'identifiait à Picasso habillé.

Je ne suis pas sûr de comprendre, et surtout d'aimer l'idée d'être comparé à un habit ou à une perruche.

La psychiatre me laisse méditer.

Avez-vous des problèmes avec vos collègues ? me demande-t-elle. À part Gabriel qui ne remarque pas la disparition de ma compagne, non. Avec votre compagne ? À part ses métamorphoses, non. Des projets d'enfants ? Une envie, mais pas de projet à proprement parler. Ce qui vous a plu chez cette femme en premier ? Son visage, sa voix et sa douceur. Ensuite ? Sa culture et son désir de voir la vie en grand. Elle-même vous reconnaît-elle après ses mutations ? Oui. Oublie-t-elle vos manies et vos goûts ? Non. Vos souvenirs en commun ? Elle ne semble pas les oublier, mais ils changent.

La psychiatre réfléchit un instant.

Premièrement, dit-elle, l'hallucination dite « psychiatrique » est rare à votre âge. L'entrée dans la schizophrénie se fait plus jeune, et les psychoses hallucinatoires, elles, arrivent avec les premiers signes de sénilité. Deuxièmement, l'hallucination s'accompagne souvent d'une désorganisation du discours, d'une froideur, d'une conviction délirante qui échappent à la logique, à toute attitude critique, elle n'est pas confiée spontanément au médecin, or, là, je ne constate aucune réticence de votre part, vous vous livrez avec transparence, restez cohérent tout en vous plaignant, à juste titre, de faits incohérents. Je vous poserai donc quelques questions sur les symptômes qui peuvent être associés à de telles hallucinations pour confirmer mon premier diagnostic, que je partagerai avec vous quand j'en serai sûre. Je commencerai par le fait que dans les mois qui précèdent ce type de phénomène, il y a généralement des circonstances qui le déclenchent, comme une maladie grave, un divorce ou un deuil : avez-vous été touché par un de ces événements ? Non, rien de tout ça, dis-je. Une euphorie ? Non. Des délires mystiques ou extatiques ? Non et encore non. Des délires érotomaniaques ? Peut-être. La psychiatre lève les yeux sur moi. J'explique qu'une femme qui mute au point d'avoir un corps méconnaissable est aussi inquiétante qu'excitante. La psychiatre se fend d'un sourire compréhensif. Des hallucinations acoustico-verbales ? Oui, mais en accord avec le corps, je n'entends pas de voix seules. Des hallucinations olfactives entraînant des odeurs agréables ou désagréables ? Oui, mais c'est moins la nouveauté qui m'a gêné que la teneur même de ces odeurs, auxquelles je me suis finalement habitué. Des hallucinations cénesthésiques se traduisant par une sensation de transformation corporelle, associée parfois à l'idée d'une possession diabolique ? Alors là oui, je réponds, mais par transfert, je rappelle que c'est ma compagne qui se transforme, c'est elle qui est possédée, pas moi. Bien sûr, reprend la psychiatre, imperturbable, qui enchaîne sur les hallucinations génitales : des sensations d'attouchements ou d'orgasmes ? Pas uniquement des sensations, de véritables attouchements, puis un véritable rapport sexuel, jusqu'à l'orgasme, mais je ne préfère pas entrer dans les détails, sauf si cela est nécessaire – cela est-il nécessaire ? Non, ce n'est pas nécessaire, répond-elle avant de poser son stylo et de se redresser. Je vais être claire, déclare-t-elle, je ne crois pas qu'il s'agisse de mythomanie car, je le répète, le mythomane refuse la vérité, il use de mensonge ou de mauvaise foi pour donner une image favorable de lui, ce qui n'est pas votre cas. En revanche, quand le malade présente des hallucinations sensorielles et perceptives alors que la structure mentale semble normale, disons cohérente, s'il s'étonne ou se plaint de ses hallucinations, ce qui est encore votre cas, le problème est davantage neurologique. Vous allez passer une IRM, qui peut révéler des lésions infectieuses ou inflammatoires, voire une tumeur.

Je me raidis tout à coup, je n'avais pas pensé à cette éventualité.

Pour être sincère, je préférerais être totalement fou que subir une opération chirurgicale du cerveau, me dis-je, enfermé dans le tunnel vrombissant, alors que de l'autre côté de la vitre protectrice, la spécialiste en radiologie me demande de ne pas bouger, de respirer calmement, je ne suis pas seul, tout le personnel médical me voit et m'entend, en cas de problème la sonnette qui est à portée de main me permet d'appeler par une simple pression.

C'est seulement après deux heures d'attente que j'entends le compte-rendu de la psychiatre. Elle m'accueille avec beaucoup moins d'intérêt cette fois, comme si le cas était plié, ou peut-être a-t-elle une urgence, une vraie, un vrai psychopathe qui décime la ville, ou un vrai mari qui ne sait pas déchiffrer une liste de courses. Elle s'adresse à moi en tapotant quelques SMS.

Tout est normal, dit-elle, je ne vois aucune lésion infectieuse ou inflammatoire, aucune anomalie des vaisseaux, aucune tumeur non plus ; je dois donc me rabattre sur le diagnostic que j'avais écarté dans un premier temps : la mythomanie.

Je déglutis, la salive me semble bien épaisse.

Il n'y a pas de péril imminent, l'hospitalisation n'est pas requise.

Je respire.

Sauf si un de vos proches le demandait, ou vous-même, lance-t-elle en levant les yeux sur moi. Voulez-vous en faire la demande ?

Non.

Bien, je commence par vous prescrire un neuroleptique qui, attention, abrutit et fait grossir, associé à une benzodiazépine qui diminue l'anxiété, précise-t-elle en attrapant un stylo. Nous nous reverrons dans une semaine, si vous le désirez, mais je vous conseille de consulter un psychothérapeute qui pourrait vous aider à surmonter cette épreuve, vous allez en avoir besoin, dit-elle en notant les coordonnées d'une collègue, avant de me tendre l'ordonnance. Au revoir et bon courage, monsieur Mesme !

Ployant sous le poids symbolique de mon sac rempli de sa demi-douzaine de boîtes de neuroleptiques, dont l'une est déjà ouverte, j'entre dans l'appartement, où je surprends ma mère, rouge pivoine, postée devant son chevalet, alors qu'à ses côtés Anna monologue avec énergie : si elle s'en tient à ce que formule Levinas, le visage ne se compose pas uniquement des yeux, du nez et du front, au contraire, il est ce qui se manifeste en les décomposant, ajoute celle qui subit le regard exaspéré de ma mère.

L'art classique, reprend-elle, cet idéal de beauté, tente de figer le visage dans des formes, tandis que l'art moderne met en relief sa dimension caricaturale qui permet de nous éloigner de ces mêmes formes. Levinas défendrait davantage un Picasso qu'un Raphaël, non par goût, mais pour se rapprocher de ce qu'est la fonction de l'art : résister au sens objectif, car la signification ne peut venir que d'une autre personne, pas d'une œuvre d'art, conclut-elle en fixant le tableau, alors que la peintre fusille du regard le modèle, c'est-à-dire moi, l'indigne progéniture qui l'a laissée des heures avec une belle-fille soumise aux dictats de notre temps. C'est pourquoi elle remballe sa palette, ses pinceaux et son tableau. Je lui propose de rester dîner. Elle répond qu'elle est fatiguée, qu'elle va rentrer. Elle enfile son caban de feutre vert, avant de prendre son matériel sous le bras – d'honneur, qu'elle ne cache pas en se tournant vers sa belle-fille. Je plie le chevalet et me dirige vers la sortie, sous les yeux d'Anna qui foudroient ma mère vaincue.

Je ferme le coffre rempli du matériel de peinture. Pourquoi vouloir me présenter chaque jour une nouvelle amie ? me demande-t-elle. Et au moment où je vais lui révéler mon mal, je prends conscience – pourquoi n'y ai-je pas pensé plus tôt ? – que si je suis victime d'illusions dues à une mythomanie, et quel que soit le degré de fusion qui existe entre ma mère et moi, il est peu probable qu'elle soit victime du même type d'illusions au même moment. La nuance étant que ma mère voit d'autres femmes, alors que je vois la même femme qui se métamorphose – vu de l'extérieur, quelle différence ? Pour être sûr, je décide de mener l'interrogatoire que j'ai moi-même subi aux urgences.

Au cours de ces derniers mois, dis-je, as-tu connu des difficultés professionnelles, économiques, une maladie grave ou un deuil ? Non, rien de tout ça, réplique-t-elle, ahurie, pourquoi est-ce que tu me poses ces questions, tu vas bien ?

Je ne sais pas si je vais bien, mais j'aimerais que tu répondes avant que je t'explique. Ma mère, sur ses gardes, attend la suite de l'interrogatoire. As-tu ressenti une euphorie inhabituelle ces derniers jours ? Non. Des délires mystiques ou extatiques ? Non et encore non. Des délires érotomaniaques ? Mais enfin, vas-tu arrêter d'être intrusif ? Des hallucinations acoustico-verbales ? Oui, depuis que tu me parles, je n'en crois pas mes oreilles. Des hallucinations cénesthésiques se traduisant par une sensation de transformation corporelle, associée parfois à l'idée d'une possession diabolique ? C'est toi qui sembles possédé, tu me fais peur. Là est la question, lui avoué-je, attristé, je me demande si je ne perds pas la raison, une psychiatre m'a diagnostiqué une mythomanie.

Ma mère pose une main sur ma joue. Petit, me raconte-t-elle, tu as toujours été un peu mélancolique, neurasthénique, tous les génies le sont, même si pour la plupart leurs délires sont dus à la syphilis, as-tu la syphilis ? Non, bien sûr que non, enchaîne-t-elle sans attendre ma réponse. Mais comment ne pas être dépressif quand on voit la nature du monde à travers des yeux aussi éclairés que les tiens, tu ne devrais pas t'inquiéter, ces imbéciles de psychiatres ne comprennent rien aux grands esprits, tu devrais te reposer, et surtout ne pas changer de petite amie tous les jours.

En l'écoutant, je m'interroge : peut-être ai-je inclus ses réactions dans mon processus d'aliénation, transformant ses paroles en temps réel, procédant comme à une sorte de traduction simultanée, créant une illusion de mère pour alimenter ma réalité augmentée. Je me saisis de mon portable pour vérifier si ma *vraie* mère ne serait pas plutôt chez elle. Mais si je me trompais, si mon prénom s'affichait sur l'écran du portable que ma mère sortirait de son sac, elle me prendrait vraiment pour un fou. Inutile de l'effrayer, me dis-je en glissant alors mon portable dans ma poche. Cette dernière réflexion montre qu'il me reste un peu de lucidité. Je suis juste témoin du plus ahurissant des phénomènes.

Après avoir fermé la portière et rassuré ma chère maman – elle a raison, il ne faut pas croire ces dangereux psychiatres –, je vais enquêter auprès de l'intéressée : Anne, Ann ou Anna, peu importe, je l'ai assez épargnée, elle va devoir passer aux aveux.

Quand je rentre, c'est Anna qui m'attend de pied ferme. Qu'est-ce que tu as fait pendant tout ce temps ? Je refuse de divertir belle-maman pendant que son fils fugue.

Je lui demande de s'asseoir, je vais lui expliquer : quelque chose d'assez grave est en train de m'arriver. Moins inquiète que méfiante, elle s'assied.

Te souviens-tu que je t'ai dit que tu avais *un peu* changé ?

Je ne m'en souviens pas, répond-elle, c'est possible, ce genre de remarques, désagréables, puisqu'elles sous-entendent les ravages du temps sur le corps, entrent par une oreille et sortent par l'autre.

Je me suis mal exprimé, tu n'as jamais été aussi resplendissante, le problème est le suivant : je trouve – je ne dis pas que c'est vrai, mais je trouve – que tu as *vraiment* changé. Non seulement ton corps, mais ton identité, jusqu'à ton emploi : tu ne travailles plus avec moi.

Oui, admet-elle, j'ai travaillé avec toi, quelques semaines, il y a trois ans, c'est comme ça que nous nous sommes rencontrés.

J'acquiesce, je viens de l'apprendre, mais je pensais que nous travaillions ensemble depuis plus de cinq ans, ton bureau situé en face du mien, au Nouveau Collisionneur de Hadrons, pas au Commissariat à l'énergie atomique et aux alternatives.

Elle esquisse un sourire complice : Tu prends *vraiment* tes désirs pour des réalités.

C'est sérieux, j'ai vu un médecin qui m'a diagnostiqué une mythomanie.

Elle me regarde longuement.

Diagnostic que je croirais, ajouté-je, si ma mère ne pensait pas que je changeais de compagne tous les jours.

Ta mère, répète-t-elle en levant les yeux au ciel.

Parfaitement, ma mère a remarqué que tu n'étais plus la même.

Anna prend un temps, avant de me proposer l'idée suivante : Et si tu distinguais deux concepts d'identité ?...

Je veux la couper, mais elle me supplie de la laisser développer. L'identité comme continuité est une fiction, reprend-elle, car quand on dit qu'une personne est la même, on est incapable de trouver un critère d'identité stable…

Je me lève tout à coup : a-t-elle lu dans mes pensées de la veille, ou bien suis-je en présence d'une image mentale ?

Anna me demande de me rasseoir. Tu ne devrais pas avoir peur, explique-t-elle, c'est une simple expérience de pensée, pas quelque chose à prendre au pied de la lettre. Si tu pouvais donc abandonner cette notion d'identité forte, au profit d'une plus faible, médiatisée par un regard extérieur et par sa propre capacité de mettre en récit son existence…

Une chose est sûre, l'hypothèse d'une illusion produite par mon esprit est peu plausible si j'en juge les outils philosophiques qu'elle maîtrise et que je n'ai pas pu acquérir en une nuit.

Tous deux construisons nos identités respectives, enchaîne-t-elle, par un ensemble de qualités, de comportements et de réactions soumis aux changements ! Aux changements, répète-t-elle.

Je me fiche de la théorie, lui dis-je, tu me crois quand je t'affirme que, ces derniers temps, tu te métamorphoses en une femme différente, avec un autre corps, un autre prénom, et une autre identité ?

Le visage d'Anna dévoile alors une grande douceur.

Je ne suis pas surprise, avoue-t-elle.

Je la regarde sans comprendre.

Comment ça, pas surprise ?

Même si c'est la première fois que tu me parles en des termes si directs, répond-elle, j'ai toujours trouvé que tu avais un esprit singulier, c'est une des raisons pour lesquelles je t'aime, infiniment, tu m'as toujours regardée comme si c'était la première fois, c'est beau d'être admirée de la sorte, tu as toujours été un peu bizarre, dans ton monde, te souciant peu des choses matérielles, mais attentif à moi, comme si tu étais responsable de ma vie, précieuse, comme si tu incarnais à toi seul une philosophie de la relation.

Peu importe que la folie envahisse mon esprit ou que le phénomène soit réel, il s'agit de vivre avec l'une ou l'autre, voire avec l'une *et* l'autre, dans les deux cas – folie et/ou apparition fantastique – ma raison semble influer sur les événements. Cette pensée est une première acceptation, qui pourrait atténuer la nécessité, l'obsession, de savoir le pourquoi de la transformation. Mais certainement pas le comment ! Les deux premières métamorphoses se sont produites pendant la nuit, je veillerai jusqu'au petit matin pour assister à la troisième.

J'observe la femme endormie à mes côtés, son visage balayé par la lumière que reflète la surface de l'eau dans le verre posé sur la tête du lit. Lorsqu'elle bouge, l'éclat du visage se met à vibrer, c'est l'eau du verre qui tremble, si bien que je porte toute mon attention sur les reflets pour entrer dans une sorte d'hypnose. Je lutte pour rester éveillé. Je prends une grande inspiration. Anna ouvre à demi les yeux et me demande si ça va. Je la rassure, tout va bien. Elle s'est déjà rendormie. Je ne peux pas bouger, je risquerais de l'éveiller et d'empêcher la métamorphose. Mais peut-être se transforme-t-elle uniquement quand *je* dors, et non pas quand *elle* dort ? Raison de plus pour ne pas sombrer, me dis-je, dans cette semi-conscience – lorsque le jour se lève enfin.

Mon amour ouvre les yeux. Ce sont ceux de la veille. Le visage est le même. Le « bonjour » et le son de sa voix sont les mêmes. Elle m'embrasse tendrement, avant de se lever. Son corps est le même. Le son de la douche est le même.

Dans son sac, le badge est le même. Les mutations sont donc imperceptibles ou inexistantes.

Je marche comme un zombie dans l'appartement, je ne sais pas quoi chercher pour être sûr que rien n'a changé, quand je tombe sur le sac de médicaments. Et soudain, je me rends compte de mon erreur – le B.A. BA du scientifique : quand on mène une expérience, il ne faut jamais modifier deux facteurs simultanément, sinon, on ne sait pas lequel a opéré ; or les médicaments pris la veille ont peut-être agi.

Deux choix s'offrent à moi : soit je ne reprends pas de médicaments et je reste à nouveau éveillé, soit je continue le traitement et je dors la nuit prochaine. Je décide d'avaler un cachet, j'aurai besoin de dormir, car tout le monde sait que ne pas dormir rend fou ; ce serait ajouter un troisième facteur à l'expérience.

Même si je ne suis pas très sociable, je ne vois pas immédiatement le caractère insensé de l'épreuve à laquelle je participe au cours de la fête qu'Anna vient d'improviser après notre discussion. Celle-ci lui a fait prendre conscience, m'a-t-elle expliqué, que malgré nos trois ans de vie commune, nous nous connaissions peu. D'où cette décision de me présenter ses amis, et inversement, de rencontrer les miens.

Tout au long de la soirée, le plus effrayant ce n'est pas tant que mes amis me fassent remarquer que ma nouvelle compagne ressemble à l'ancienne, ni que ceux d'Anna disent être heureux de pouvoir enfin faire la connaissance de celui dont elle parle tant – le phénomène gardant sa logique, dont je ne me formalise plus, surtout après quelques verres d'alcool –, mais c'est davantage le fait que les invités sont, pour la très grande majorité, des hommes ! jeunes, charmants et sûrs d'eux. Et – moins surprenant – moi aussi j'ai invité une majorité d'hommes, des collègues. Tant et si bien que l'appartement est envahi par des mâles, plutôt dominants, répartis en petites meutes, comme des loups qui s'approprient un territoire, affichant des sourires carnassiers, balayant leurs regards de chacals sur leur unique proie, ma chère et tendre, laquelle nage comme un poisson dans l'eau, ayant toujours un mot gentil pour ses « amis » et pour les miens. Les rares femmes disséminées dans l'appartement, comme autant de figurantes permettant de ne pas rendre la situation insupportable, s'intéressent fort à moi. Je n'aurais pas ce succès si j'étais célibataire ou accompagné d'une femme au pouvoir de séduction plus modeste. Et quand Gabriel surgit dans mon dos pour me souffler que ma nouvelle copine est d'une beauté à tomber par terre, je me rends compte du piège qui se referme sur moi : peut-être a-t-elle improvisé cette réunion de chasseurs dans le seul but de prendre sa revanche, même si les représailles seraient alors disproportionnées en comparaison du délit d'avoir osé une ou deux réflexions sur ses quelques *changements*. Je la soupçonne d'user sciemment, depuis le début, de son redoutable don de transformation pour se venger, éventualité que je ne balaierai pas d'un revers de la main, car comment pourrais-je, moi simple mortel, affronter les attaques d'une mutante aux pouvoirs surnaturels, me dis-je, alors que la créature saisit au vol mon regard inquiet, avant de me faire un clin d'œil complice.

Plus la soirée avance, les bouteilles se vident et les inhibitions se lèvent, plus les hommes s'approchent de la sirène, sans non plus franchir les bornes de la bienséance, une bienséance qui semble, elle aussi, changer, selon moi, si peu rompu à ce type de festivités où la limite concernant la liberté de séduction devient floue et celle de l'exclusivité presque désuète. Je me retrouve bientôt au coude à coude avec deux géants qui, à la moindre plaisanterie d'Anna, font vibrer leur glotte et leur musculature imposantes, alors que Gabriel prend la parole pour pipoter quelques faits d'armes partagés avec moi, son vieux poteau, qu'il flatte un peu pour mieux le ridiculiser ensuite, si bien que, dépassé par l'aisance de l'assemblée et son goût pour la rivalité mondaine, je préfère me replier dans la cuisine, où de rares mâles vulnérables boivent les dernières bouteilles de piquette que personne n'a voulu ouvrir, avant d'aller dans ma chambre pour m'endormir – vaincu.

03

Des gloussements lointains me réveillent. Je me lève, titube jusqu'à la porte, que j'entrouvre. Je la vois qui déjeune en compagnie de deux hommes dans la vingtaine. Je suis davantage troublé de ne pas savoir ce qui s'est passé cette nuit – a-t-elle dormi avec moi, avec ces hommes, ou n'a-t-elle pas dormi du tout ? – que de voir que sa silhouette s'est encore allongée, son visage métissé, et qu'elle ressemble à une hippie noire des années 1970 avec ses lunettes carrées et ses verres teintés.

Je m'habille rapidement, avant de rejoindre le trio bienheureux. Elle me sourit d'un air radieux : ai-je bien dormi ? Je lui réponds par un demi-sourire, sans détacher mon regard du sien ni porter la moindre attention aux squatteurs hirsutes. Elle se lève. Elle est plus grande que moi. Elle pose ses mains sur mes épaules et m'embrasse sur la bouche : ses lèvres sont invraisemblablement charnues, sa langue imposante et son odeur forte. Je suis pris de vertige, puis de tristesse et d'amertume. Elle saisit son sac. On est en retard, déclare-t-elle aux jeunes hommes qui la suivent.

Après avoir enfilé ma veste, dévalé l'escalier quatre à quatre, suivi de loin le trio, dans la rue, dans le métro, après être descendu en bout de ligne, entré dans l'enceinte d'une université, puis dans un amphithéâtre, être resté en retrait, avoir observé les deux jeunes hommes s'asseoir, ma compagne se diriger vers l'estrade pour écrire sur le tableau *La responsabilité, de Levinas à Ricœur*, après être resté encore quelques minutes sans savoir quoi faire, m'être rendu à l'évidence, celle qu'il me faut accepter la situation, m'adapter à chacune de ses identités, comme à autant d'épreuves, et, si ce n'est en comprendre la raison, en trouver peut-être le sens, car il s'agit de vivre avec ce sortilège, de survivre, j'attrape alors dans ma poche l'ordonnance sur laquelle sont notées les coordonnées de la psychothérapeute, le docteur Sainte-Anne, dont je compose le numéro ; une secrétaire me répond qu'il n'y a pas de place avant un mois ; un silence ; à moins que cela soit une urgence, s'agit-il d'une urgence ? On peut dire qu'il s'agit d'une urgence, oui.

Dans le cabinet de la psychothérapeute, je me tais enfin, non que j'aie fini d'exposer le mal dont je souffre, je pourrais continuer jusqu'au bout de la nuit, mais parce que je constate que le docteur Sainte-Anne, assise en face de moi, ressemble à un lutin, son corps est maigre et petit, ses pieds touchent à peine le sol, les yeux sont fins et rieurs, le visage bouffi. Les mains posées sur les accoudoirs de son fauteuil montrent des ongles bombés et des doigts gonflés, un genre de syndrome d'hippocratisme digital, dit-on je crois, qui finit de rendre le moment aussi improbable (moi en face d'un psychothérapeute) que surnaturel (un lutin écoutant le phénomène magique qui frappe ma bien-aimée).

Après avoir vérifié que je n'ai plus rien à ajouter, donc, le docteur Sainte-Anne prend la parole.

Comme c'est un premier rendez-vous, affirme-t-elle, je m'exprimerai plus librement que je ne le ferai par la suite, du moins si vous décidez de suivre une analyse, mais à présent, il s'agit de savoir si notre collaboration est possible, pour vous comme pour moi.

J'acquiesce.

Bien, poursuit-elle, d'après l'échange que j'ai eu avec la psychiatre urgentiste, et ce que vous venez de me raconter en des termes peu habituels mais assez clairs, je pourrais penser au fameux trouble de la personnalité multiple, qui serait, dans votre cas, inversé. Je m'explique : le trouble se caractérise par la présence de plusieurs états du *moi* distincts, qui prennent tour à tour le contrôle du natif. Il est souvent accompagné d'autres symptômes, dont l'anxiété et l'insomnie, c'est aussi pourquoi j'ai pensé à ce diagnostic. L'origine du mal provient de traumatismes vécus pendant la petite enfance qui poussent le sujet à produire des états dissociatifs pour assurer sa survie psychique, en étant convaincu que ce n'est pas lui mais d'autres qui ont vécu l'événement – avez-vous vécu un événement traumatisant ?

Je ne crois pas.

Si c'était le cas, reprend-elle, vous ne vous en souviendriez pas, puisque la fragmentation du *moi* est justement créée pour oublier le choc. De deux choses l'une : soit je vous envoie vers une collègue qui applique la thérapie de l'intégration neuro-émotionnelle prescrite dans les traitements du syndrome de stress post-traumatique, mais je soupçonne que cette collègue jugera votre cas suffisamment singulier pour, à son tour, vous envoyer vers un ou une de ses collègues qui proposerait une discipline plus appropriée, et vous passeriez ainsi de spécialiste en spécialiste sans être assuré que le syndrome soit maîtrisé ; soit, et c'est ce que je préconise, vous pouvez mener un travail de thérapie classique. Car, non seulement le cas d'une inversion du syndrome, par procuration pourrait-on dire, est peu probable, mais de plus, cette pathologie, très à la mode aux États-Unis – et comme tout ce qui est à la mode aux États-Unis est à la mode dans le monde entier, à part dans certains pays arabes, et encore –, suscite de nombreuses polémiques. Certains affirment qu'il s'agirait d'une fausse maladie créée par des patients au fort pouvoir de suggestion, en particulier par des assassins qui essaieraient de se disculper de crimes qu'ils auraient commis – avez-vous assassiné quelqu'un ?

J'ouvre grand les yeux : pardon ?

Le docteur Sainte-Anne affiche un sourire en coin, avant de reprendre. Je pencherais donc pour une forme très atténuée de cette possible pathologie, que vous auriez contractée afin de réaliser des désirs interdits en déplaçant vos pulsions sur un autre vous-même.

Agacé, je rappelle une fois encore que ce n'est pas moi qui me métamorphose, mais ma compagne.

J'avais compris, répond-elle, mais dans votre cas, ce n'est visiblement pas l'ensemble du *moi* natif qui éclate, mais la partie du *moi* qui lui est associée, le *moi* qui se construit dans la relation à l'autre et…

Oui, dis-je en m'impatientant, ma compagne est prof de philo, elle m'a déjà expliqué la théorie.

Bref, poursuit le docteur, votre trouble serait le reflet de la tension qu'il y a entre le *ça*, c'est-à-dire un plaisir débridé, et le *surmoi*, son censeur.

Je ne dis mot, mais je doute : « débridé », peut-être, « plaisir », pas vraiment.

Envisageons la chose suivante, ajoute-t-elle, peu importe le diagnostic, plutôt que de vouloir comprendre le sens du phénomène, qui n'existe sûrement pas, à l'instar du sens de la vie, pourquoi ne pas accepter ce cadeau du destin, profiter de toute cette gent à disposition, qui semble vous aimer, c'est comme si vous rencontriez une multitude de femmes sans avoir à vous soucier des phases d'approche et de séduction, souvent incertaines, frustrantes, ni de celles de rupture, douloureuses ; et une fois que les tensions seront atténuées, il sera toujours temps d'ajuster le protocole de guérison – si maladie il y a.

J'avoue que je ne m'attendais pas à cette proposition, quasi grivoise, surtout depuis que j'ai remarqué le pendentif qui trône sur sa poitrine : une croix catholique en bois, de trois centimètres de longueur sur deux de largeur et un d'épaisseur, qu'elle ne prend pas la peine de cacher. Cette découverte est la goutte d'eau qui fait déborder le vase de ma rationalité : suis-je prêt à faire confiance à une thérapeute, croyante qui plus est, voire pratiquante ? Je transgresserais ainsi deux tabous : le rapprochement avec le catholicisme et la pratique de la psychothérapie. Toute ma jeunesse, j'ai entendu ma mère, juive, on l'aura compris, me raconter que les psys étaient de véritables apprentis sorciers, des alchimistes de la psyché essayant de transformer des têtes de plomb en mines d'or libertaires mais qui finissent par produire des semi-fadas à peine plus libres qu'une bourgeoise du XIXe siècle, me permets-je de dire, en des termes atténués, au docteur qui ne bouge pas d'un millimètre avant de me répéter le mot « mère ».

Et là, c'est comme si je devais tout à coup supporter le poids du monde, je me sens pris d'une telle fatigue que mes yeux ne peuvent se détacher du divan placé à la droite du docteur, et de ce merveilleux petit coussin qui conviendrait parfaitement à ma tête encombrée. Mais refusant de passer pour un rustre, qui s'affalerait sans y être invité sur le canapé de la dame, je lui demande ce qui différencie le travail en « position allongée » du travail en « position assise ».

Et le docteur de me répondre du tac au tac : Vous voulez essayer ?

Je m'allonge sans un mot, pose ma tête sur le coussin douillet, ferme les yeux, respire, me détends, avant que mes yeux se rouvrent sur, ô comble de l'ironie, un tableau, que je trouve être – après une ou deux secondes de « contemplation » – une véritable croûte, dont le peintre (du dimanche : un membre de la famille, ou le docteur elle-même) n'a pas assumé l'abstraction en conservant un semblant de figuration dans les formes, un genre de noir nuage percé par une sorte de blanc goéland qui dégouline, ou peut-être serait-ce la barbe noire d'un Dieu le Père qui foudroierait la civilisation de son éclair blanchâtre, mais à la réflexion, la masse noire n'est pas sans rappeler les poils d'un pubis, et ce blanc dégoulinant du…

Bref, vous avez raison, affirmé-je alors, je vais profiter de l'opportunité qui s'offre à moi : jouir de ces femmes, disons, de cette femme multiple, comme si je restais fidèle à une multitude.

Le docteur me lance alors un « oui » à peine audible et parfaitement incertain, ni ouvert ni fermé, comme une question rhétorique lancée dans le vague ; qu'a-t-elle bien pu vouloir dire par « oui » ? Ne trouvant pas de réponse, je poursuis, et passerai les séances suivantes à raconter les innombrables métamorphoses de ma compagne.

04

Même si je sens que le docteur Sainte-Anne perçoit cette histoire comme la métaphore d'une vie banale que je mettrais en scène de façon extraordinaire, moi, je cherche à rendre ordinaire ma vie avec une femme qui est tout sauf banale. Mais changer d'interlocuteur, c'est changer de point de vue. Celui d'un tiers est d'autant plus nécessaire que *ma* femme est multiple. Elle est comme une bulle de savon devant un aveugle, quand ce dernier touche la bulle qu'il ne voit pas, elle éclate pour devenir une goutte qu'il sent au bout de son doigt. Chaque fois que je crois saisir l'essence de ma compagne, elle semble se réduire, alors qu'elle est une bulle complexe, sans cesse en évolution, les métamorphoses continuant de se produire à un rythme constant, mais pas monotone. Je ne pourrais pas dire, par exemple, si l'identité de la nouvelle s'est fixée après une succession de transformations minimes, peu décelables d'un jour à l'autre, ou si elle est arrivée à maturité d'un coup, en tout état de cause, le docteur ne serait pas surprise de savoir que

Nana

a encore grandi, elle me dépasse d'une tête, sa carrure est athlétique à force de nager tous les deux jours et de faire de la varappe le reste de la semaine. Je dois avouer que notre différence de taille m'a d'abord intimidé, me rappelant l'époque douloureuse de ma puberté, tardive, raison pour laquelle j'étais plus petit que les autres adolescents, surtout les adolescentes, qui ne se gênaient pas pour se moquer de moi, c'est pourquoi il suffit de peu aujourd'hui pour que ce complexe revienne. Et si Nana aime les hommes petits, elle préfère qu'ils fassent au minimum son poids, m'a-t-elle avoué. Je me suis donc résolu à fréquenter un centre sportif pour suivre un programme de prise de masse – à ne pas confondre avec une prise de gras – basé sur une série d'exercices intensifs travaillant les grands groupes musculaires, le plus pénible étant d'augmenter régulièrement les charges, qui provoquent des brûlures et des tendinites à répétition, sans oublier le lourd régime de protéines indigestes, enfin, mis à part ces quelques « dérangements », je peux dire que ça va, j'ai pris quelques kilos, la différence de stature me semble maintenant moins intimidante qu'excitante, elle me rappelle cette fois les premiers émois provoqués par la jeune fille de quatre ans mon aînée, j'en ai déjà parlé et n'y reviendrai pas.

Mais ce qui me plaît dans cette nouvelle métamorphose – je suis désolé par avance de débiter de tels clichés –, c'est la couleur de sa peau, qui a encore noirci, ses origines sont clairement africaines : son père est né à La Réunion et sa mère, toujours la même, juive polonaise, a quitté son père pour se remarier avec un économiste, qui l'a élevée jusqu'à sa majorité, d'où son (nouveau) parcours, la finance – pardonnez aussi mes digressions, dis-je en levant les yeux vers le docteur, qui m'invite à continuer : Au contraire, c'est le principe de la libre association. Rassuré, je reprends de plus belle – pour une fois que je peux raconter ma vie à tort et à travers, je ne vais pas me priver. Donc, un jour, en allant dans un parc d'attractions en compagnie de

05
Nina,

je comprends que, sous ses airs de *working girl*, elle cache un besoin de vivre dans un environnement régressif, à l'instar de ces millions de petites filles se ruant dans ce parc plein d'attractions stupides, de princesses et de princes charmants, de gentilles mamans et de sévères papas, de méchantes belles-mères, mais sans méchants beaux-pères, les plus dangereux pourtant, à commencer par celui de Nina justement, aussi vicieux qu'intelligent, la modelant à son image, suscitant l'admiration de la nymphette puis de l'adolescente puis de la jeune adulte, car l'*incestuel* et machiavélique beau-papa, très au fait des lois et des mœurs, a attendu le jour de sa majorité pour la mettre dans son lit, et ainsi réaliser des années de fantasmes en une seule nuit. Il n'est pas besoin d'être docteur en psychologie pour en deviner les conséquences, car si elle désirait être possédée par ce quasi-père, elle en a immédiatement subi les traumatismes qui allaient changer le cours de sa vie. En conséquence, même si je veux suivre le conseil de mon si avisé docteur Sainte-Anne – profiter de cette femme multiple –, je n'arrive absolument pas à la toucher !

06
Aïna Lot,

d'origine réunionnaise par le père, japonaise par la mère (j'ouvre une parenthèse pour noter que ses origines semblent changer à chacune de ses métamorphoses du côté d'un de ses parents, ce qui me permet de mieux appréhender les invraisemblables mixités qui se produisent à un rythme régulier ; et moi qui voyage si peu, j'ai la sensation de visiter de multiples mondes à travers les visages de ma compagne, comme si la réalité épousait le rythme de mes fantasmes, comme si les transformations étaient le reflet de mon inconscient, ce qui pose à nouveau la question de savoir si ce sont les métamorphoses qui ravivent mes souvenirs ou, au contraire, mes désirs profonds qui les déclenchent, non plus comme une malédiction qui convertirait les traumatismes en réalité, mais comme une bénédiction, relative soit dit en passant, car je ne peux la toucher, je le répète, la boucle est bouclée, et la parenthèse refermée), Aïna, donc, m'avoue que je lui rappelle son beau-père, ce qui exclut de l'approcher. Cette impossibilité de jouir pleinement de cette femme sublime a de quoi rendre obsessionnel le moins obsessionnel de la « chose », elle l'a sûrement fait exprès, dis-je, laissant la fin de ma phrase en l'air, comme si je cherchais une suite ou encore une réaction de Sainte-Anne, qui décroise et recroise ses jambes avant de répéter le mot « obsessionnel ». Je m'excuse sur-le-champ : je ne voulais pas passer pour un obsédé, je sais que le rapport aux femmes ne se résume pas à *ça*, bien sûr, le docteur sera même heureuse d'apprendre que j'ai décidé de profiter de la riche personnalité d'Aïna, grâce à elle je peux mieux appréhender le monde, sa géopolitique et sa macro-économie, à tel point que j'ai entrepris d'éplucher tous les jours un ou deux journaux d'information générale et un d'économie, ce qui me permet de soutenir un peu plus subtilement les discussions, qui tournent au pugilat, par exemple quand

07
Ana Alterar,

d'origine japonaise par la mère, portugaise par le père, se découvre un véritable élan de solidarité avec le peuple palestinien, alors qu'elle n'a aucun lien direct avec lui, ce qui serait louable si elle ne passait pas son temps à déployer toute une artillerie d'arguments plus ou moins sophistiqués pour condamner l'État – le gouvernement, la religion, les citoyens, je ne sais plus – d'Israël, oubliant avec une mauvaise foi suspecte que j'y ai de la famille, éloignée certes, mais de la famille tout de même, cela me fait supposer encore une fois que la femme, grâce à son diabolique don de travestissement, me provoque sciemment, pourquoi ? mystère, ou peut-être me reproche-t-elle de ne pas avoir de conscience politique, ce qui est assez juste, mais en quoi est-ce une faute, ou bien le conflit est-il le propre d'une relation banale entre un homme et une femme, à tel point que je lui demande si elle accepterait de suivre une thérapie de couple avec le docteur Sainte-Anne ou avec un(e) autre analyste, mais elle refuse, pas question de perdre du temps pour une liaison dans laquelle elle n'est pas sûre de vouloir s'investir, dépenser de l'énergie et de l'argent, bref, je ne sais plus quoi penser – qu'en pense le docteur Sainte-Anne ?

Et le silence, long, interminable, qu'elle prend pour ne pas répondre me plonge dans un état dubitatif même si je sais qu'elle n'est pas là pour me satisfaire ou me réconforter, cette professionnelle dont l'écoute est flottante mais pas non plus absente et dont les quelques réactions quasi imperceptibles aident l'apprenti patient que je suis à construire un ensemble d'outils me permettant d'affûter, un jour qui sait, mon jugement, cela m'aiderait particulièrement ces temps-ci, car ma vie avec

08
Hana Akhar

s'avère cauchemardesque, sa révolte politique cache une colère plus sourde, qu'elle dirige vers ses proches, en premier lieu vers celui avec lequel elle vit, moi-même. Elle a démissionné, m'emprunte de l'argent, mélange anxiolytiques, bêtabloquants et alcools forts, ce qui la rend inerte pendant des journées entières et demande une vigilance permanente. Je ne dors plus, je vais au travail dans un état de fatigue avancée, dis-je au docteur Sainte-Anne, qui s'inquiète, et se permet, cette fois, de me conseiller : ma compagne montre des signes de maniaco-dépression, ou de bipolarité, elle doit être prise en charge par une personne compétente, pas par moi, son compagnon, mal placé pour agir.

Quand je propose à Hana de se faire aider, elle me rit au nez ; quand je lui propose de séjourner dans un centre spécialisé, elle m'insulte ; et quand je la menace de la quitter, elle pleure, supplie, parle d'abandon, de son père, de ce « salaud » qui a quitté sa mère. Une nuit, elle se scarifie le corps. Il faut s'imaginer ce que c'est, dis-je au docteur, de se réveiller en découvrant le corps de la femme qu'on aime, les cuisses, le cou, les seins, jusqu'au pubis, entièrement tailladés. J'appelle les pompiers, mais leurs questions insidieuses semblent m'accuser, raison pour laquelle, dès qu'ils l'emmènent à l'hôpital, je décide de prendre mes affaires et d'aller chez ma mère. C'est la première fois que je quitte ma compagne. Elle me téléphone une trentaine de fois par jour, essaie de pénétrer dans l'appartement où je me trouve, me suit dans la rue. Un jour elle s'agrippe à moi en me suppliant de revenir chez nous, et quand je veux me détacher d'elle, elle se jette contre une porte vitrée, qui se fissure. J'ai eu très peur, dis-je au docteur Sainte-Anne, qui me demande pourquoi je n'ai pas fui ma compagne avant que la situation dégénère. Je ne l'ai pas reconnue, son visage n'était plus le même, il était gonflé par les cachets, l'alcool, l'état dépressif, je ne sais, elle était défigurée, dis-je au docteur, qui reste perplexe. Mais rassurez-vous, elle a retrouvé toute sa splendeur, et sa santé mentale, enfin presque, on s'est réconciliés,

09
Han

est un ancien mannequin qui essaie de se recycler en actrice, dont la beauté hors norme révèle que tous les modèles ne sont pas photoshopées ou chirurgicalement refaites, et que la fréquentation quotidienne de ce type de physique procure un sentiment d'irréalité troublant, à se demander si l'extrême beauté ne serait pas une forme de monstruosité qui est, pour l'intéressée, aussi libératrice qu'aliénante, car après avoir mené une carrière réglée comme du papier à musique, abrutissante mais structurante, courant de taxis en castings, de castings en studios, de studios en shootings, de shootings en night-clubs, de night-clubs en cocktails et de cocktails en rails de cocaïne, in fine, la carrière d'actrice (de cinéma bien sûr, certainement pas de théâtre) se subit, plus qu'elle ne se mène, à espérer de rares répliques pour de rares rôles secondaires, à rêver davantage de gloire que de grand art, à s'inquiéter surtout, et à finir par enfumer tous les soirs notre chambre de marijuana, à tel point qu'une nuit, je fais un véritable *bad trip*, tremblant, suant, voulant sectionner mes propres membres qui me gênent, et alors qu'elle est collée à moi pour me réconforter, elle-même ne distinguant plus le désir du rejet qui cohabitent entre nous, les deux sensations se mêlant dans une alchimie perverse, cette nuit donc, tandis qu'elle est sur le point de s'éloigner quand je veux l'embrasser, n'y tenant plus, je la retourne d'un coup, avec une facilité déconcertante, et pour cause, le mannequin est rachitique et le Nathan nouvellement athlétique. Je soulève ses fesses. À ce moment-là, je ne sais pas si elle est immobile parce qu'elle est *stone* ou parce qu'elle attend cela depuis des lustres. Je fais glisser sa petite culotte jusqu'aux genoux. Son cul est offert. Et bien que je pressente une ruade, un refus, ou pire, une main courante le lendemain, malgré cela, je la prends là, de force diraient certains, de passion diraient d'autres, en tout état de cause, que cela soit les effets de la drogue, de la chance ou bien de la puissance des pulsions, je ne sais ce qui a provoqué ma témérité, mais

10
Anh

le docteur a-t-elle remarqué que ce prénom, d'origine vietnamienne, est déjà en lui-même une onomatopée sexuelle, Anh gémit quand je m'introduis sauvagement en elle et, plutôt que de se plaindre, elle m'exhorte à ne pas m'arrêter, ne pas ralentir, accélérer, jusqu'à devoir venir vite, puis à recommencer, plusieurs fois dans la nuit. Et à partir de cet épisode, les métamorphoses révèlent une femme de plus en plus sensuelle, j'oserais dire « sexuelle », comme

11
Any,

qui a la particularité de préférer le rapport buccal au vaginal, pratiquant la fellation des heures durant jusqu'à ce qu'elle atteigne, je ne sais toujours pas comment, un orgasme spontané – je promets au docteur de ne pas passer le reste de mon analyse à énumérer mes performances sexuelles, je suis trop pudique pour cela, mais je dois tout de même avouer que la vie sexuelle avec une compagne multiple me contraint, que dis-je, m'apprend, à m'adapter sans cesse à ses désirs, à servir ses besoins, ses préférences, pour des orgasmes multiples, tantôt clitoridiens, tantôt vaginaux, tantôt clitorido-vulvaires, tantôt utéro-anexiels, et bien d'autres nuances, tantôt je dois y aller fort, tantôt en douceur, tantôt avec les mains, tantôt avec la bouche, parfois les deux, la prendre plutôt par-derrière, ou plutôt par-devant, ne jouissant que sur moi, ou que sous moi, j'ai dû apprendre, puis désapprendre, puis réapprendre, pour finalement me laisser aller, suivre mes intuitions, dans une écoute organique, une sensualité pleine et partagée, tout comme ma partenaire a dû, elle aussi, réapprendre mes désirs, besoins et préférences, qui changeaient en fonction de ses métamorphoses, de mes humeurs ou de nos fantasmes, et c'est bon, docteur, pardon, je continue de me répandre, mais comme je joue le jeu de la libre association, et parce que la seule association qui m'intéresse aujourd'hui est celle que j'ai avec *ma* femme, je me permets ; le puis-je ? Le docteur me demande de ne pas me retenir, de continuer… En effet,

12
Anick

se qualifie elle-même de cochonne, cette rousse aux yeux verts aime la pornographie, phénomène qu'elle explique par son emploi d'infirmière car, à force de « torcher le cul des vieux, des malades ou des presque morts », dit-elle, elle a besoin d'explicite, « tu comprends », elle n'est pas la seule dans ce cas, ses collègues le confirment, mais je soupçonne une néo-culture érotique, et même si j'ai beaucoup appris avec elle, je regrette la quantité d'images pornographiques que j'ai consommées, jusqu'à en appliquer les formes, à en perdre l'émerveillement que procure la découverte en tant que découverte, le corps devenant davantage un terrain d'expérimentation qu'un monde enchanté, dont j'exploite les richesses plutôt que de préserver des terrains vierges, un peu comme ceux de la planète, je crains d'épuiser mes ressources jusqu'au dessèchement ; malgré tout,

13
Ana-Mary

est une surprise, vivifiante, elle est extrêmement drôle, la culture n'allant pas toujours de pair avec la finesse d'esprit, je n'ai jamais autant ri qu'avec cette blonde platine qui pourrait passer pour une écervelée mais qui cache une autodérision délicieuse, comme celle de savoir qu'elle perd son temps à faire les boutiques pour s'acheter de la lingerie et des eaux de toilette hors de prix – je constate qu'en plus des nombreuses identités qu'elle endosse, s'ajoutent les différents parfums dont elle se couvre ; cette femme devient une essence de femme, insaisissable, un concept à elle toute seule, le vecteur d'un désir transcendant, ce que d'aucuns nomment l'éternel féminin !

Et le docteur se permet (ô miracle, elle parle) de citer le psychanalyste Jacques Lacan : « *La* femme n'existe pas. »

Je déglutis et m'excuse, je regrette mon lyrisme superficiel. Bien que multiple, la femme avec laquelle je vis ne représente pas toutes les femmes, loin de là, je commence même à trouver certains traits de caractère communs à chacune de ses versions : une beauté dite « plastique », une mixité ethnique, un âge proche du mien, un milieu social moyen, ni des prolétaires ni des bourgeoises appartenant au grand corps de l'État, le phénomène magique aurait-il ses limites sociologiques ? dis-je en ricanant, comme pour signaler que je ne suis pas dupe ; à qui est-ce que je le signale d'ailleurs ? Aux esprits maléfiques qui rôderaient dans ce cabinet, ou encore à Dieu qui a décidé de m'éprouver ? j'ajoute en pensant à la large croix que porte le docteur Sainte-Anne, dont j'attends une réaction mais qui semble s'être assoupie compte tenu de l'amplitude de sa respiration, raison pour laquelle, un peu agacé, j'avoue, d'un ton badin, qu'elle ne serait pas surprise de savoir que

14
le docteur Anne-Marie Alter

est psychanalyste ! Le docteur Sainte-Anne se redresse en prenant une longue inspiration – vient-elle de se réveiller ? J'ajoute, d'un air diabolique, qu'elle a émis le désir de suivre enfin une séance de thérapie de couple avec le docteur Sainte-Anne, que je suis bien heureux de lui présenter aujourd'hui.

Les deux femmes se sourient avec une parfaite fixité, comme si elles ne respiraient plus, l'une attendant que l'autre expire, dise quelque chose, le duel passif-agressif durant, jusqu'à ce que le docteur Alter cède la première.

Je vous remercie, docteur Sainte-Anne, d'avoir accepté de bousculer le protocole, ce n'est pas anodin, j'en sais quelque chose, et avant de commencer je voudrais vous rassurer sur un point : ne croyez pas que je suis venue évaluer la psychothérapeute de mon compagnon, ou superviser le travail, même si j'en ai les compétences – double doctorat en psychiatrie et en psychologie et membre de la Cause freudienne –, je suis uniquement ici pour aider, si possible, notre couple à progresser, à être en accord avec nos désirs profonds, particulièrement ceux de Nathan, je ne suis pas étrangère au trouble qui le touche, il m'en a parlé, on peut même dire que ça me concerne directement, un trouble assez singulier, que je n'avais jamais rencontré jusqu'ici, et vous, docteur Sainte-Anne ? Non, bien sûr, ajoute-t-elle sans attendre de réponse, les symptômes sont intéressants. À noter que Nathan va mieux ces temps-ci, il semble s'épanouir grâce à moi, et grâce à vous évidemment, dit-elle en souriant, avant que Sainte-Anne la coupe et me demande s'il est vrai que je m'épanouis avec le docteur Alter.

Je réponds par l'affirmative.

Sainte-Anne revient vers le docteur Alter : J'aimerais savoir depuis quand vous êtes en couple avec Nathan.

Depuis quelques mois, répond-elle.

Êtes-vous consciente, reprend Sainte-Anne, que Nathan pense que vous vivez ensemble depuis plusieurs années, mais que vous auriez endossé l'identité du docteur Alter depuis peu ? C'est bien ça, Nathan ?

J'opine du chef.

Le docteur Alter se fige, ses yeux retiennent une larme naissante, puis elle confirme qu'elle en est consciente. Oui, ajoute-t-elle, je ne suis pas là par hasard, parce que si en apparence notre couple va bien, Nathan ne s'abandonne pas complètement à moi, comme si je lui faisais peur, ou que notre histoire était passagère.

Sainte-Anne se tourne vers moi pour me demander si je pense que notre histoire est passagère. Je réponds que je ne sais pas, en tout cas, je ne le souhaite pas, au contraire, et peut-être sa seule présence ici est-elle un progrès déterminant pour le processus.

C'est ce que je crois sur le moment, mais le docteur Sainte-Anne sera surprise, cette fois, en apprenant que le lendemain matin je me réveille en compagnie de

15 & 16
Anna-Marie & Anne-Maria.

Je pense d'abord qu'une seule des deux est *ma* femme, qui aurait invité une de ses amies pour du « triolisme », mais je remarque qu'elles se ressemblent comme des demi-sœurs, l'une blonde, l'autre brune, deux déclinaisons possibles de la précédente, ou bien sont-elles deux jumelles dizygotes ? Seulement voilà, avant que je puisse distinguer laquelle des deux femmes est la *mienne*, elles me sautent littéralement dessus pour me faire l'amour, toute la matinée. Inutile d'ajouter que si certains fantasmes ne doivent pas être réalisés, d'autres le doivent. Les détails ne sont pas intéressants, en tout cas, pas pour le processus d'analyse, mais une chose l'est, c'est que d'un côté, je retrouve, dans le rapport érotique, dans ce contact avec la chair, quelque chose de primaire, mais d'un autre côté, je ne peux pas jouir uniquement par besoin physique de matière, non, je reconnais le corps comme celui de l'aimée, même changeant, ce corps suscite un désir parce qu'il a un visage, il suffirait de peu pour que je sois pris de nausée devant une nudité sans visage. Cela dit, je ne sacralise pas le rapport érotique, qui reste une tension, pas une réalisation. Et je ne mettrai pas non plus, comme beaucoup, ce fameux *agapé*, cet amour du prochain tant rabâché, au-dessus de l'*éros*, souvent comparé à une passion destructive. Pour moi, un amour n'est pas supérieur à un autre, surtout cet amour-passion que j'ai pour *elle*.

En résumé, le docteur peut être fière de moi, j'en ai bien profité, jusqu'à ce que – tout a une fin – le téléphone sonne : c'est Gabriel, qui me demande si tout va bien.

Oui, pourquoi ?

Parce que ton absence a été remarquée à la réunion de ce matin !

Je m'aperçois tout à coup que je pensais être dimanche, comme si le jour d'avant (dimanche) s'était lui aussi dédoublé. Je suis catastrophé. Gabriel me conseille de me magner, nous avons du boulot.

Et les filles décident de me conduire au travail. Pour la première fois, le voyage s'effectue en plein après-midi. Il fait chaud cet été. Nous empruntons les petites routes pour traverser quelques champs de blé qui dorent au soleil. Je me laisse escorter par mes gardes du corps providentielles, Anna-Marie au volant, Anne-Maria sur la banquette arrière, caressant mes cheveux qui virevoltent au vent, lorsque nous arrivons devant la barrière de sécurité qui est levée par l'agent, bouche bée, yeux ronds, hypnotisé par mes sorcières bien-aimées qui l'embrassent de loin et lui lancent des coucous joyeux.

La voiture effectue un dérapage contrôlé sur les gravillons du parking pour s'arrêter aux pieds de Gabriel qui, subjugué par les chevelures fouettant l'habitacle, ouvre ma portière en lâchant un « mon salaud je comprends mieux pourquoi tu n'étais pas au boulot ». Je souris, béat, je suis sur un nuage, toute la journée, à tel point que j'accumule les erreurs, jusqu'à inverser l'alignement d'un laser qui aurait percé le nombril de la responsable, Lili T., si elle n'avait pas hurlé avant de débouler.

Il est temps que la journée finisse, me dis-je, quand les filles m'emmènent au restaurant, chacune accrochée à l'un de mes bras, si bien que je suis aussi fier que gêné par les hommes qui me fusillent d'un regard envieux, et par les femmes, désirantes ou sarcastiques, c'est selon, mais jamais insensibles.

Nous allons à ce cinéma qui joue des classiques – *so romantic*, soupirent les filles – et décidons d'assister à la projection de *L'Homme qui rétrécit*, dont l'histoire rappelle curieusement la mienne : après le passage d'un nuage radioactif, le héros se met à rapetisser, d'abord de manière imperceptible (les quelques centimètres qu'il perd l'embarrassent plus qu'ils ne le handicapent), ensuite, le processus s'accélère, jusqu'à ce qu'il mesure moins de dix centimètres. Deux scènes me marquent : celle où la femme du mini-héros l'installe dans une maison de poupée agrémentée d'un mobilier à ses proportions, quand tout à coup surgit à la fenêtre de la maisonnette le chat qui paraît avoir la taille de King Kong, avant que le héros réussisse à le semer *in extremis* pour se réfugier dans une cave lugubre ; celle où il se bat contre une araignée géante – surtout quand on sait que l'araignée symbolise l'angoisse devant le féminin, voire la mère – et finit par la tuer avec une épingle qui semble avoir la taille d'un pieu. Mais la scène qui me bouleverse le plus est sans doute celle de la fin, lorsque l'homme qui rétrécit se rend compte que les étoiles n'ont pas changé de taille, tandis que lui a bientôt la dimension d'une molécule, se diluant dans la matière, dans le cosmos, là où l'infiniment petit rejoint l'infiniment grand. Quand *The End* s'affiche à l'écran, les filles versent une larme. J'espère qu'elles ne vont pas rapetisser puis disparaître, mais plutôt qu'elles vont grandir au point d'être géantes, ce serait le moyen que le monde entier découvre enfin la métamorphose de ma compagne.

17 ~ 65

Je n'en peux plus, dis-je au docteur, je suis épuisé, à tel point que j'ai dû prendre un congé longue durée, car après s'être dédoublée, à l'image des cellules qui se divisent pour se multiplier, *elle* suit le processus nécessaire à la régénération de l'organisme, c'est pourquoi, sans surprise, elle se renouvelle en suivant les phases de la mitose, du grec *mitos*, « filament », à ne pas confondre avec le *mytho*, « mythe », de la mythomanie, je préfère préciser l'orthographe au docteur qui pourrait imaginer un sens là où il n'y en a pas, bref, la mitose autorise une reproduction asexuée, chacune des deux cellules se divisant en deux et ainsi de suite, exactement comme *elle* est en train de se multiplier :

Ann_2

quadruple,

Ann_3

octuple, et rapidement, il y a prolifération,

Ann_n...

Un simple calcul permet de recenser l'ensemble des filles, par la somme des n premières puissances de 2, ce qui donne la formule suivante : $1 + 2 + 4 + \ldots 2^n = 2^{n+1} - 1$; n étant le nombre de nuits. Ce qui totalise, dès le quatrième jour, $2^5 - 1$, trente et une filles dans l'appartement.

Après m'être plongé dans le fonctionnement de la reproduction, j'apprends que la division suit le rythme de l'horloge biologique, les tissus se renouvellent sur vingt-quatre heures. Je suis rassuré, le phénomène de démultiplication de la femme est normal, disons organique. Mais plus troublant, je découvre que des chercheurs chinois ont fait naître des souriceaux femelles capables de se reproduire sans avoir recours à la reproduction sexuée, c'est-à-dire à partir de deux gamètes femelles !, un peu comme les si peu séduisants requins-zèbres et varans de Komodo. À l'inverse, les souriceaux nés à partir de souris mâles n'ont pas survécu quarante-huit heures, cela donne à réfléchir, le monde de demain sera-t-il constitué uniquement de femmes se reproduisant entre elles, et « l'espèce homme », si j'ose dire, aura-t-elle disparu ? Un monde de femmes, cela fait rêver, en tout cas l'homme que je suis, qui ne vit qu'avec des femmes. La difficulté principale n'est pas tant de gérer une telle quantité de femmes dans un appartement de taille modeste, on s'arrange, certaines familles de migrants vivent en plus grand nombre dans de plus petits espaces, ma grand-mère polonaise a connu des situations de promiscuité analogues avec ses huit sœurs qui, elles-mêmes, ont fini à Auschwitz, dans une promiscuité qui fait relativiser toutes les autres, le plus éprouvant est de ne pas perdre la tête en fréquentant une telle diversité : moi qui pensais vivre avec une seule personne qui changerait peu, qui changerait avec moi, en vieillissant, je crains que mon identité ne s'altère à force de fragmenter l'expérience de ce même autre. En me racontant, je lutte contre l'éparpillement de mes expériences vécues. Bien sûr, l'altérité n'est pas limitée à une personne en particulier, elle est en toute personne. Celui qui multiplie les aventures amoureuses et qui doit s'adapter sans cesse est moins cynique qu'éthique ! dis-je, presque grandiloquent, tandis que le docteur Sainte-Anne soupire. Casanova est un être éthique, qui se confronte à l'altérité. Contrairement à ce que tout le monde croit, contrairement à ce grossier personnage de Dom Juan, Casanova est moins un conquérant qu'un homme qui apprécie que les femmes se rapprochent de lui, et non l'inverse, il n'est pas un aristocrate, il est le fils d'une comédienne qui change tous les jours de visage ! Je ne suis pas un Casanova, je suis trop exclusif, et trop timide pour aller à la rencontre d'autres femmes que la mienne, je n'en éprouve aucune nécessité, mais force est de constater que je me sens héritier de lui, malgré moi bien sûr.

C'est une pensée que je n'ose avouer qu'au docteur ici présente, à personne d'autre, ni à ma compagne qui pourrait mal le prendre, ni même à ma mère qui, au cinquième jour de la démultiplication, sonne, alors que l'appartement n'a jamais été aussi envahi. Je vois dans le judas les yeux doublement gros qu'elle me lance à travers la porte.

Je sais que tu es là, s'égosille-t-elle, pourquoi est-ce que tu ne réponds pas au téléphone, j'ai fini le tableau, peux-tu m'aider à le décharger ?

Quand j'ouvre le coffre de la voiture, ce n'est pas un tableau, mais un triptyque, aussi imposant que pesant, que nous devons porter jusque dans l'appartement.

Quelle n'est pas la surprise de ma mère – et ma gêne – lorsqu'elle découvre la soixantaine de femmes qui vaquent à leurs occupations, certaines à peine réveillées sont encore nues, d'autres partent travailler à la hâte. Même si ma mère est surprise – on la comprend –, elle n'est pas mal à l'aise, elle est ravie, vous pensez, autant de modèles si jolis qui poseraient pour le peintre. Qui veut poser ? lance-t-elle à la cantonade. Une bonne vingtaine de filles *topless* se déclarent volontaires pour être les modèles de la maman chérie de leur chéri. Je ferme la porte de ma chambre, et jette un regard noir à ma mère. Ça ne va pas, non ! Elle hausse les épaules : J'en ai vu d'autres, j'ai même vécu dans une communauté interdite aux hommes, mais pas aux enfants, ajoute-t-elle en me caressant la tête, tu ne dois certainement pas t'en souvenir.

Je ne m'en souviens pas, non, dis-je en repoussant sa main.

En tout cas, je suis heureuse que mon fils se dévergonde un peu, tu avais l'air déprimé ces derniers temps, et même si tu as de petits yeux, tu as meilleur teint.

Quand nous déballons les tableaux, nous provoquons un véritable mouvement de foule dans l'appartement : certaines, quasi hystériques, crient au génie en découvrant les si beaux portraits ; d'autres lèvent les yeux au ciel : trop classiques à leur (humble) avis ; les plus amoureuses chuchotent entre elles que ma mère est bonne techniquement, mais qu'elle n'a pas su mettre en lumière les multiples facettes de leur si complexe Nathan ; et on entend bientôt le cliquetis d'une bombe de peinture qu'agite la plus punk des filles promettant de taguer le triptyque pour le rendre *street art*, elle pourrait même le lacérer, dit-elle en ouvrant un couteau à cran d'arrêt. Bref, il y en a pour tous les goûts.

Quant à l'intéressé, moi, je reste incrédule devant l'œuvre que je trouve puissante mais que je n'arrive pas à déchiffrer : le tableau central est mon portrait en buste, les mains sur les hanches, le regard torturé, les traits tirés d'un noceur, alors qu'une longue silhouette apparaît sur chacune des toiles encadrant le sujet, comme deux ailes sortant de mon dos, l'une blanche, l'autre noire, deux anges contraires, ou deux femmes de nature opposée, mais en y regardant de plus près, les créatures me ressemblent, comme si je m'étais travesti.

Ne serait-ce pas plutôt une libre interprétation de la Sainte Trinité, lâche le docteur Sainte-Anne : le Père, le Fils et le Saint-Esprit ? Je réfléchis un instant. Je doute : il faudrait pour cela que Dieu le Père soit une Mère, car je ne vois dans le tableau aucune figure masculine, à part la mienne.

Votre mère a très bien pu se peindre en Dieu la Mère, ajoute le docteur, et représenter sa belle-fille en Saint-Esprit.

Qu'elle se soit figurée en Dieu la Mère, dis-je, c'est tout à fait possible ; qu'elle ait représenté son fils en le Fils, c'est logique ; mais sa belle-fille en Esprit saint, sûrement pas, ma mère ne croit ni au Nouveau Testament ni au fait que sa bru puisse être une sainte, on voit que le docteur n'a pas assisté à leur dernière entrevue.

Même si la notion de Trinité n'apparaît pas dans l'Ancien Testament, précise le docteur, dès le début de la Genèse émergent les idées d'esprit et de souffle : au commencement, « Dieu organise le chaos primitif au-dessus duquel flotte une réalité mystérieuse, le souffle de Dieu ».

Je réfléchis, avant de sourire à demi : peut-être *ma* femme est-elle issue du souffle de Dieu, en effet, pensé-je en examinant le docteur… mon Dieu ! sa croix, je n'avais pas remarqué : elle a doublé de volume. Je demande à Sainte-Anne si elle va bien. Un long silence. Je ne prononcerai plus un mot avant d'avoir une réponse claire et définitive, de vive voix s'il vous plaît, y en a marre des silences énigmatiques, me dis-je, si sûr de moi qu'elle finit par inspirer et répondre.

Je vais bien.

Son cabinet prospère-t-il ?

Il prospère, oui.

Et comme je ne peux détacher mon regard de sa croix, elle ajoute que son activité à la paroisse prend de plus en plus de temps. Si jamais vous vouliez venir assister à une messe ou à d'autres réjouissances, lance-t-elle, vous seriez le bienvenu.

Je la remercie.

Elle ajoute encore que si elle est heureuse de m'avoir aidé dans mon travail d'analyse, elle le serait davantage si je trouvais la foi. Je la regarde en me demandant ce que je fais là. Elle se saisit d'un petit ouvrage, à côté d'elle, me le tend.

Les Évangiles, me précise-t-elle.

Je vois, oui, lui dis-je, en prenant machinalement l'ouvrage.

Vous y obtiendrez peut-être des réponses un jour.

Qui sait, marmonné-je.

On va devoir s'arrêter là, conclut-elle.

Et je lui avoue

(la semaine suivante)

que je n'ai pas aimé, disons, pas compris, que, pour la première fois, elle ait fait mention de ses convictions religieuses dans notre travail. Pourtant, je ne suis pas complètement « athée », puisque (je ne sais plus de qui me vient l'idée ci-après, sûrement d'Ann, d'Anna ou de quelque écrivain) ce mot est formé de *théo*, « Dieu », et de la lettre *a* dite privative, je ne veux pas me priver du Dieu des *autres*, je ne veux pas me priver des autres, être étranger à la très grande majorité des humains de la planète. Je crois différemment. Peut-être à travers la science, la physique quantique et la relativité, révélant une si complexe et si ahurissante architecture de l'univers que je peux admettre la nécessité d'imaginer une forme d'intelligence supérieure. Et si je crois au phénomène dit surnaturel de ma compagne multiple, c'est bien que mes limites concernant le rationalisme sont repoussées dans des contrées lointaines. Mais s'agissant du folklore religieux, qu'il soit juif, chrétien ou musulman, il ne me touche pas, je suis désolé, dis-je au docteur, dont j'interroge, pour la première fois, la fiabilité.

Sainte-Anne réagit assez rapidement : je ne voulais en aucun cas faire du prosélytisme, je me suis mal exprimée, je voulais être directe puisque votre question l'était. La réponse est peu déontologique, je l'avoue. Vous pouvez vous rassurer, je n'y ferai plus allusion, promet-elle, alors que j'examine sa croix, qui n'est pas si grosse finalement, dix centimètres de largeur, ça va, c'est le docteur qui est plus petite, que dis-je, qui *paraît* plus petite car davantage tassée dans son fauteuil, ou en y regardant de plus près, c'est son fauteuil qui est plus grand, bref, l'incident est clos, en apparence, je disais donc

(la semaine suivante)

que j'étais épuisé par la démultiplication ; heureusement, après avoir atteint un pic, le nombre de

$$Ann_{n-1} \ldots Ann_4$$

a baissé de manière exponentielle, suivant une courbe dite « de Gauss », le pire est passé, mais j'ai besoin de vacances, c'est pourquoi j'ai décidé de partir quelques jours à l'étranger et, concernant le choix de la destination, c'est Ann_4 qui me l'a suggéré, est-ce parce que je lui ai parlé des élucubrations théologiques du docteur qui lui ont donné envie d'un retour aux sources, ou bien des conseils de ma mère, qui insiste depuis des lustres pour que je rende enfin visite à ma famille éloignée ? je ne sais pas, toujours est-il que nous avons arrêté notre choix sur Jérusalem.

66/67/68

Depuis que nous sommes arrivés à Jérusalem, je remarque chez

(H)an(n)a(h)

un phénomène nouveau : elle n'a pas muté d'un jour à l'autre, mais c'est comme si, incapable de se décider, elle hésitait entre plusieurs possibilités. J'en ai dénombré trois : Hana, Ana et Hannah. À défaut d'une transformation franche, ses changements avortent d'un instant à l'autre, en fonction de l'interlocuteur et de l'environnement, jusqu'à ce qu'elle devienne floue dans certains quartiers, les plus cosmopolites, donnant l'impression qu'elle vibre, comme la pellicule d'un vieux film qui sauterait. Elle ne s'en rend pas compte, et je suis le seul à remarquer et ressentir les vibrations, quelque chose entre sensualité, douceur et secousse, c'est pourquoi notre relation est tantôt distante, tantôt fusionnelle, selon que la vibration est forte ou faible. Les inconnus, eux, semblent reconnaître en elle une seule femme, chacun s'adressant à une des trois, suivant sa communauté.

Je comprends très vite que les caractéristiques de ma compagne ne sont pas sans rappeler celles de cette ville mythique, qui n'a cessé de subir au cours de l'Histoire nombre de mutations, affirme Ana, la plus catholique des trois, quand nous nous arrêtons devant l'église Sainte-Anne de Jérusalem. C'est là qu'Anne, la mère de la Vierge Marie, l'a enfantée, et là que se serait passé le premier miracle de Jésus rapporté dans les Évangiles, et enfin là que les Romains ont construit une première église, byzantine, détruite par les musulmans puis reconstruite par les croisés puis transformée par les Arabes en école religieuse islamique, puis re-reconstruite par les Français, c'est ça Jérusalem, des transfigurations successives, conclut-elle.

Je ressens comme une fierté : grâce aux mutations de ma bien-aimée, j'ai la sensation de faire corps avec l'Histoire, en toute humilité, bien sûr, je ne suis que le suiveur, c'est elle le personnage secrètement historique.

Nous longeons le Mur des lamentations où quelques touristes portant des kippas de fortune placent « leurs bouts de vœux entre les pierres », précise Hannah, la plus juive d'entre elles, avant de franchir le portail de sécurité de la passerelle menant vers l'esplanade des Mosquées.

Nous nous arrêtons devant al-Aqsa, aux multiples arcades sous lesquelles sont assis une dizaine d'hommes en jean, baskets et blouson bon marché, qui surveillent l'entrée, vers laquelle je me dirige, pour voir ce qu'il y a dedans, je veux tout voir, tout visiter, mais Hana, la plus musulmane des trois, me retient par le col de la chemise : là, on n'entre pas.

Ah bon ? On entre partout mais pas dans la mosquée ?

C'est comme ça, me répond-elle, en se retournant vers un bâtiment couvert de carreaux colorés et sur lequel est posée une gigantesque coupole en or : le Dôme du Rocher, indique-t-elle, même si certains rêvent de le démolir pour reconstruire le temple de Jérusalem, aujourd'hui, les transformations de la ville se sont stabilisées.

Pour combien de temps ? Connaissant bien l'instabilité de ma chère et tendre, je crains que la stabilité de la ville ne soit provisoire. Franchement, je redoute que sa venue ici ait des conséquences sur la suite des événements, personnels bien sûr, de ça j'ai l'habitude, mais également politiques – ce qui augmenterait l'intérêt déjà obsessionnel du reste du monde pour cette région. Inquiet, j'observe une dernière fois la mosquée pleine à craquer de fidèles, inoffensifs, pour la plupart… D'ailleurs, les plus radicaux d'entre eux pourraient voir un immense danger dans le phénomène des métamorphoses, à juste titre, car si elles se généralisaient, elles rendraient les femmes totalement libres, insaisissables et toutes-puissantes, ce qui n'est pas du goût de ces mêmes radicaux, qui détiennent, sans le savoir, la méthode la plus efficace pour éradiquer une femme qui se métamorphose, celle de s'en prendre aux civils au hasard, puisqu'elle endosse effectivement *au hasard* de multiples identités civiles, me dis-je, de plus en plus nerveux, me rapprochant de (H)an(n)a(h), comme pour la protéger, alors que nous nous éloignons de l'esplanade, avant de rejoindre notre appartement de location.

Les vieilles pierres, le balcon et la vue surréaliste sur la ville me font oublier la vétusté de ce petit trois-pièces. Ana aurait aimé davantage de confort ; Hana, elle, aurait préféré Jérusalem-Est, pour être fidèle à ses origines ; quant à Hannah, elle aurait voulu loger dans le *Russian Compound* fréquenté par une diaspora d'Europe de l'Est, d'où venait sa grand-mère maternelle, comme la mienne. Mais ce riche quartier rénové, en marbre glacé et en pierre calcaire, dont l'avenue principale est traversée par un tramway ultramoderne, culpabilisait Anna et son sens de l'éthique, car elle refusait de séjourner dans un secteur riche alors qu'à quelques kilomètres de là, de pauvres Palestiniens vivent dans de lugubres quartiers faits de dédales, de ruelles et de voies sans issue, sans panneaux, jonchés de déchets, canettes et gravats répandus sur le sol. C'était sans compter qu'Hannah est inexorablement attirée par ce même tramway qui nous a menés à Yad Vashem, le musée de la Shoah, dans lequel nous sommes restés des heures, particulièrement dans la salle qui décrivait avec force détails le fonctionnement des chambres à gaz. Ses identités étaient alors au comble de l'instabilité, comme si elles étaient toutes sensibles au génocide. Elle vibrait avec une fréquence si haute qu'elle devenait quasi transparente, prête à disparaître, parmi la multitude d'enfants en visite, perdus dans ce labyrinthe de la mémoire. La vue de ces jeunes gens entrant à la queue leu leu, en silence, dans la salle obscure, rejoignant mon amour flottant comme un fantôme revenu d'entre les morts, m'a laissé dans un tel état de sidération, de crainte pour elle, que j'ai décidé de l'éloigner de ce lieu, de choisir un quartier de la vieille ville, plus neutre, si tant est que la neutralité existe ici, car à l'instabilité de ses identités, s'ajoute sa difficulté à choisir un camp, l'un étant généralement lié à l'autre, disons qu'elle choisit tous les camps en même temps, s'obligeant à prendre *entièrement* parti, et pour lesdites victimes, et pour lesdits bourreaux, la médiane, qui consiste à vouloir l'établissement de la paix, étant certes une alternative désirée, mais de plus en plus compliquée à atteindre, c'est elle qui l'affirme, une utopie molle, voire bouffonne, tant chaque compromis devient immédiatement un camouflet donné aux autres camps.

Je me souviens de ce repas, en arrivant, alors que ma famille, que je rencontrais pour la première fois, était réunie autour d'une table où tous les bords politiques se côtoyaient. Les discussions allaient bon train, on s'empoignait, et (H)an(n)a(h) se décomposait, au sens littéral du terme, son apparence était double, parfois triple, ses paroles disaient tout et son contraire dans une même phrase, ses voix se superposaient pour former une tierce, dissonante. Et s'il n'y avait que moi qui avais cette impression contrastée, j'ai saisi dans les regards des convives un sentiment mitigé à son égard, d'amour et de rejet mêlés, jusqu'à ce qu'une de mes cousines me demande ce que *j'en* pensais. J'ai baissé la tête, légèrement, pour ne pas me trahir, en réalité je m'effondrais, je n'avais pas la force de prendre parti pour l'une ou l'autre des identités flottantes de ma compagne. Pour tout avouer, je n'arrive plus à prendre parti pour personne depuis ce phénomène de métamorphoses : plus j'essaie de comprendre ses différentes identités, de m'y adapter, moins cela m'aide. Rester sur mes positions et les lui imposer, quitte à ce qu'elle en souffre, à ce qu'elle doive rompre, serait non pas moral mais efficace, pour elle et moi, car en agissant pour son prétendu bien, c'est comme si j'attendais une justice, alors qu'il n'y a aucune justice à attendre de la vie, en tout cas pas morale. Mon amour ne m'a jamais remercié d'avoir essayé de m'adapter, j'ai plutôt eu l'impression qu'elle me reprochait une forme de faiblesse. Je pense à celles qui préfèrent souffrir des années avec un dit « pervers narcissique », ou une brute, que supporter la gentillesse d'un faible qui leur veut du bien, c'est courant, banal, pourquoi ? Je ne sais pas, peut-être parce qu'il leur rappelle leur propre faiblesse, alors que le dominant, le tyran, même s'il vous assujettit, est un ennemi digne d'être combattu, mais aussi d'être séduit et reproduit pour la survie de l'espèce. L'explication est simpliste, je n'en vois pas d'autres. À mon grand désespoir, je ne peux m'empêcher de voir ce schéma s'appliquer à toutes les relations.

Aveu d'impuissance ? Le schéma est au-delà de la servitude volontaire, comme si chacun ne se sortait pas de son incapacité à aimer vraiment. Si on *parle* autant d'amour, n'est-ce pas parce qu'il est impossible de l'*éprouver*, malgré tous nos efforts, nos envies, notre désir d'y arriver ? On parle tant de celui, inconditionnel, qu'on a pour son sang, sa famille, mais combien de parents disent aimer leurs enfants alors qu'ils sont sans cesse en rivalité avec eux, les jalousent, les frappent, les envoient au combat, au sacrifice.

Qu'est-ce que l'amour de l'autre, du prochain ? me dis-je, en ouvrant les Évangiles que le docteur Sainte-Anne m'a si *gentiment* offerts, et que je n'ai pas manqué d'emporter en vacances ; s'il y a un lieu où je dois le lire, c'est bien ici, en « Palestine ». En me voyant consulter le livre, Ana me sourit d'un air entendu, avant de se replonger dans son guide touristique ; Hannah et Hana lèvent les yeux au ciel en me voyant, elles, consulter la table des matières. J'y trouve, sans surprise, l'Évangile selon Matthieu, selon Marc, selon Luc et selon Jean mais, chose plus surprenante, un cinquième texte :

Évangile selon la Fille de Dieu

Si Dieu créa l'homme à son image, alors son fils unique fut à l'image de Dieu – l'homme et la femme : le Père engendra le fils et la fille. Le fils unique est donc une fille puis un fils.

Je suis partagé : refermer ces élucubrations ou, au contraire, les prendre très au sérieux, car avec *elle*, me dis-je en regardant (H)an(n)a(h), je m'attends à tout. Je continue donc ma lecture.

Marie se trouve enceinte par la vertu du Saint-Esprit. C'est pourquoi le saint enfant qui naîtra sera appelé Fils de Dieu. Dans le même temps : Élisabeth, sa parente, a conçu, elle aussi, un enfant en sa vieillesse, et celle qui était stérile est dans son sixième mois ; il sera rempli de l'Esprit saint.

Contrairement à ce que prédit l'ange Gabriel, ici, ce n'est pas Jean le Baptiste qu'enfante Élisabeth, parente de Marie, mais une fille ! Les Rois mages soupçonnent l'action de l'Esprit mauvais, et proposent à Élisabeth de l'échanger avec un nouveau-né qu'ils ont trouvé dans un orphelinat de Magdala. Curieux. La prédiction « *Jean est son nom* » est respectée, il y a correspondance avec les Évangiles de Luc (I, 63).

Je fais une rapide recherche sur Jean, révélant que le prénom vient de l'hébreu *yo* et *Hanan*, qui est à l'origine de Hannah, Hanna, Hana, Ana, Anne… ! J'avale de travers et me mets à tousser si fort que je manque de m'étouffer. Ana me demande si ça va. Les yeux inondés, je marmonne un « oui oui », et me dirige vers la cuisine pour prendre un verre d'eau, que je bois d'une traite.

Une fois calmé, je me pose une multitude de questions : qu'est devenue cette fille abandonnée puis échangée avec cet orphelin de Magdala ? Est-ce Marie de Magdala ? Est-elle la cousine de Jésus ? Son nom aurait-il dû être Hanan ? Marie de Magdala est-elle *mon* Hanan ? me dis-je en jetant des regards nerveux vers (H)an(n)a(h). Cet évangile est-il le récit des origines de mon aimée ?

Une rapide recherche sur le prénom Nathan indique que c'est celui du prophète qui a prédit la naissance de Jésus ! Je ne tiens plus en place, et demande, l'air de rien, détaché, presque sifflotant, l'avis d'Ana sur ce même récit.

C'est un de ces énièmes textes apocryphes, m'assure-t-elle, l'intertextualité n'est pas récente dans la littérature exégétique, de nombreux auteurs ont réécrit les textes bibliques, y trouvant des détails cachés.

Ah bon ? dis-je, presque déçu.

Même si le Nouveau Testament est plus respectueux des femmes que les traditions de l'époque, ajoute-t-elle, certains ressentent la nécessité de le détourner, comme les écrivaines d'inspiration féministe de la fin du XXe siècle qui réinterprètent les textes phallocentrés. Marie Madeleine, de toutes les femmes de l'histoire des religions, est celle qui incarne le plus la « liberté de savoir, de corps et de mouvement ».

Voilà qui me rappelle (H)an(n)a(h) : liberté de savoir, de corps et de mouvement.

Elle est surtout celle qui annonce la Bonne Nouvelle, reprend Ana, l'existence d'un paradis où il n'y a ni homme ni femme, et où « tous ne feront qu'un ».

(H)an(n)a(h) ne se rend peut-être pas compte de sa nature – divine ? Si la Fille de Dieu a été échangée à la naissance, si odieusement écartée, une fois adulte, elle a dû avancer à visage masqué pour s'assurer que son cousin, qui est aussi son frère, ce Fils de Dieu, l'accueillerait comme il se doit. Elle a dû changer de visage, chose possible pour une fille de Dieu. Si le Fils de Dieu a le pouvoir de multiplier les pains, la Fille, elle, peut bien avoir celui de se multiplier elle-même. Notons qu'à choisir entre le pouvoir de la Fille et ceux du Fils, comme celui de marcher sur l'eau qui, même s'il fait son effet, ne sert pas à grand-chose, sauf à la limite pour des migrants qui traverseraient la Méditerranée, j'opterais pour le pouvoir de la Fille.

Quant à la Transfiguration du Christ – le mot étant d'ailleurs la traduction latine du mot grec *metamorphosis* –, il s'agit d'un changement d'apparence corporelle. Ce prodige n'a duré que quelques instants, c'est peu, ça confirmerait qu'il a essayé d'imiter sa sœur aînée, mais que son pouvoir était bien inférieur. Ce qui mène à la spéculation suivante : je suis peut-être pour (H)an(n)a(h) ce qu'était Marie de Magdala pour Jésus, une sorte d'apôtre, témoin de ses multiples résurrections. En toute logique, je vais devoir, à l'instar de Marie Madeleine, répandre à mon tour une Nouvelle Bonne Nouvelle. Mais quelle serait-elle ? me dis-je en fixant (H)an(n)a(h) un moment, le temps pour Ana de me demander à nouveau ce qu'il y a, bon sang ! Je lui dis que je la trouve belle. Hana rougit, Ana sourit, et Hannah pose sa main sur la mienne. Quand elle me touche, son corps vibre si fort qu'il provoque chez moi sensualité, douceur et choc, le résultat étant assez violent, comme une décharge électrique, ou un orgasme, qui circule de ma main à mon sexe en passant par le cœur. Je retire brutalement mon bras. Ana lève les yeux, Hana baisse la tête, et Hannah verse une larme, avant de poursuivre sa lecture. Cela me rend triste : si je peux apprécier la richesse de ses identités, superposées, qui ne sont pas meurtrières puisqu'elles ne se divisent pas mais s'ajoutent, entièrement, je m'aperçois que je ne fais pas corps avec elle(s).

Quelle serait la Nouvelle Bonne Nouvelle ? me répété-je, quand nous entrons dans la petite chapelle de Magdala, au bord du lac de Tibériade, à l'intérieur de laquelle un bateau en bois rappelle autant la tradition de la ville que le devoir de repêcher les âmes perdues.

Y a-t-il une seule bonne nouvelle à notre époque de transition ? me dis-je, dans le bus qui longe la frontière cisjordanienne, cette fois seul, Ana, Hana et Hannah ayant préféré la moderne Tel-Aviv aux ruines du palais d'Hérode. Je les comprends, mais je dois aller au bout de ma recherche.

Ce n'est plus une réconciliation entre Dieu et les hommes, dont il est question, mais entre les hommes, les femmes et leur terre ? me dis-je encore, en descendant sous le soleil écrasant, le chemin du Serpent de Massada, au risque de me rompre les jambes sur les pierres qui roulent.

Et comme le « messie Issa Jésus » est cité dans le Coran, je cherche entre les lignes la présence d'une sœur, car si l'histoire de Jésus la révèle dans les Évangiles, elle doit bien apparaître dans ce texte, murmuré-je, en lisant le Coran. Je suis dans le car qui va de Massada à la mer Morte. Il n'y a plus aucun touriste, uniquement des Palestiniens, lesquels me regardent avec un intérêt particulier, amusé de voir l'Occidental récitant leur Livre.

Les pieds blessés, la peau brûlée au énième degré, les bras en croix, allongé dans l'eau chaude et huileuse de la mer Morte qui me porte et m'enveloppe, je souffre le martyre tant le sel s'incruste dans mes plaies, comme une radiation qui m'enflammerait les nerfs et me glacerait les entrailles, un larsen qui me percerait les tympans. La douleur est si forte, si pure, que je quitte mon propre corps, je m'élève au-dessus de lui, au-dessus de ma condition, je reconnais la souffrance des autres, je ressens la nécessité qu'a la civilisation de muter, je vois enfin clair : si le sacrifice de la Fille était une contribution à ce monde, qui voit sa fin, mon propre sacrifice sera ma contribution à un monde renaissant. Je dois me sacrifier pour *elle*, pour *la* laisser libre de continuer son chemin, ses transformations. Je suis un frein à sa mission, à son Règne. N'oublions pas qu'elle est de retour en Palestine, et le retour du Fils est le point central du livre de l'Apocalypse. En vérité je vous le dis, ce n'est pas le retour du Fils dont il est question, c'est celui de la Fille.

Ô mon Amour, je suis la chair de Ta chair, Ton sang, marmonné-je – avant de perdre connaissance.

Je suis allongé sur mon lit d'hôpital, une perfusion au bras et des pansements sur le visage, quand (H)an(n)a(h) entre en trombe. A-t-elle eu peur pour moi ou le phénomène de dissociation des trois identités s'est-il amplifié, toujours est-il que je n'ai jamais vu chez elle une telle vibration ; les corps tentent de se séparer les uns des autres pendant que les voix se superposent et aboient : suis-je un enfant, inconséquent, pour avoir entrepris une telle excursion sans protection ni équipement, sans boire ni manger ?

Ana s'approche, Hana s'assoit près de moi, et Hannah me prend la main – la vibration est douce, cette fois.

Pourquoi ? demande-t-elle.

Je ne sais pas, j'ai cru bien faire.

Je ne comprends pas.

Je lui avoue alors que j'ai autant peur d'être abandonné par elle que d'être un frein à sa vie.

Elle sourit : elle pourrait dire la même chose me concernant.

Peut-être, lui dis-je.

Et avant que j'ajoute le moindre mot, elle plaque ses lèvres sur les miennes. Quand sa langue vibrante, chaude et humide envahit ma bouche, quand elle défait ma blouse pour empoigner mon sexe, l'émotion est si forte que tout mon corps s'arc-boute, mon visage se tétanise. Pendant les minutes qui suivent, c'est comme si je ressentais en un instant les voluptés accumulées au cours de toutes ces années avec elle(s), jusqu'à ce qu'elle décide d'ôter le seul rempart à notre union, ce minuscule morceau de dentelle mis en boule et jeté sur le sol. (H)an(n)a(h) me chevauche. Sa robe couvre nos nudités respectives. Et dans un mouvement d'une douceur absolue, Hannah, Hana, Ana et moi connaissons une finalité aussi intense que l'abondance de ma semence en elles. Nos spasmes furieux nous empêchent de nous séparer. Nous restons là, sans bouger, le temps que nos respirations se calment. C'est alors qu'au creux de l'oreille, elle me promet de faire davantage attention à moi. Je promets à mon tour de ne plus commettre d'actes inconsidérés. Ne jamais promettre, c'est ce que nous aurions dû nous dire à ce moment-là.

De retour de vacances, je raconte à ma mère le fiasco.

Je comprends, dit-elle, la nécessité de résoudre le mystère de cette prétendue métamorphose, difficile à croire, peu importe, mais à force de chercher des réponses là où il n'y en a pas, tu t'es perdu dans un labyrinthe, comme dans un parcours ésotérique que tu aurais entrepris sans guide, c'est dangereux. Et puis l'histoire dudit Christ n'y répond pas. Lui coller une sœur n'ajoute rien à l'affaire. Pourquoi ce mythe plutôt qu'un autre ?

Je ne l'ai pas choisi, lui dis-je, c'est *le* Livre qui est venu à moi, non l'inverse. Et même si j'avais eu le choix, cela n'aurait rien changé : j'ai des origines juives, mais ma culture est bien plus chrétienne que je ne le pensais. Je ne sais même pas comment j'ai autant de connaissances sur les Évangiles, c'est inquiétant.

En effet, abonde ma mère dans mon sens, mais cela ne m'étonne qu'à moitié, le pays dans lequel tu as grandi, avec ses dizaines de jours fériés et ses quarante-cinq mille églises, se veut laïque mais reste catholique. Et puis après la Seconde Guerre mondiale, après la Shoah, ma propre mère a rompu tout lien avec sa culture et sa langue, elle n'a plus jamais parlé un mot de yiddish, jusqu'à taire ses origines, au cas où la catastrophe recommencerait.

Je connais déjà tout ça.

Je sais surtout, reprend-elle, que les mythes de la littérature juive sont plus adaptés au phénomène de métamorphose : les substitutions d'identités me rappellent la pratique kabbalistique de permutation des lettres pour révéler les sens cachés d'une phrase ou d'un mot. *Hanan* s'écrit *חנה* en hébreu. Si on permute la dernière lettre *ה* pour la placer en deuxième position, cela donne *נחה* : « s'arrêter », littéralement, « il s'est arrêté. »

Il s'est arrêté ? répété-je, avide d'en savoir davantage.

Pas définitivement, précise-t-elle, s'arrêter pour se reposer, ou pour reprendre de l'énergie.

Je préférerais que le processus de mutation s'arrête définitivement plutôt qu'il reprenne une énergie déjà bien puissante, me dis-je, inquiet. En tout cas, en français, le prénom Hannah est un palindrome, il se lit indifféremment de gauche à droite et de droite à gauche ; cette symétrie annoncerait-elle un tournant vers un second type de métamorphose ?

Je reste un long moment à regarder ma mère, avant de trouver que je commence à croire à n'importe quoi.

Tu aurais très bien pu chercher des réponses du côté de Lilith, poursuit ma mère, la première épouse d'Adam, qui s'est métamorphosée en ce serpent tentateur afin de provoquer la Chute d'Ève. Ta compagne est peut-être une incarnation de Lilith, dit-elle en gloussant.

Je la considère d'un œil que d'aucuns qualifieraient de morne.

Quelles que soient les origines de l'ensorcellement, ajoute-t-elle, le rompre en te sacrifiant ne résoudra rien, et dans ton cas, chuchote-t-elle, jetant un œil en direction de la porte, il faudrait guérir le mal par le mal, en faisant appel à la magie kabbalistique, je pourrais m'en charger, seulement voilà, je ne suis pas sûre du résultat.

Je réfléchis un temps, quand Hannah entre dans la pièce.

Ma mère se lève pour nous laisser, avant de me lancer un regard complice.

69

Lorsque je me réveille, à l'aube, les yeux de mon amour sont grands ouverts, comme ceux d'une somnambule. Je crois voir l'iris briller, les globes se dilater, les lèvres frémir, la peau onduler, les os se modifier sous la chair. J'entends sa respiration s'accentuer. Des gémissements me rappellent ceux d'un nouveau-né, je vais me réveiller, me dis-je, mais je *suis* éveillé. Et avant même que le visage se stabilise, elle se lève. Le drap tombe et découvre son corps nu. Elle est debout, offerte et tremblante. Et comme une coupe franche dans le temps, je suis debout, face à elle. Je scrute son visage. Je vois en lui comme mon reflet déformé. Ce sont mes traits, plus jeunes, plus doux, ceux d'un adolescent, ou plutôt d'une femme ! Elle s'est métamorphosée, pour la première fois devant mes yeux, en mon double féminin !

Quand je m'approche d'elle, elle s'approche de moi. Nous levons nos bras en même temps, touchons nos mains, nos corps, nos peaux dans un même mouvement. Nous sommes hypnotisés l'un par l'autre, par nos visages si semblables dans leurs proportions, par nos attitudes identiques. Bientôt le moindre geste est brouillé par une impression d'écho. Je m'exaspère, tout comme elle semble s'exaspérer. Je m'éloigne d'elle à reculons, alors qu'elle s'éloigne de moi à reculons. Je me retourne quand elle se retourne, pour se diriger vers mes affaires, ma veste. Je me dirige vers ses affaires, son sac, que je fouille :

Anna Emmes,

vers qui je me tourne à nouveau : elle me fait les poches comme je lui fais les poches. On ne bouge plus, pris tous les deux sur le vif. Et je comprends, comme elle comprend, que chacun de nous a un compagnon qui se métamorphose. Le sien, c'est moi, disons que je suis l'une de ses identités. Le vertige nous saisit : nous ne sommes pas seuls, pour être plus précis, nous ne sommes pas tous les deux seuls, ni seuls tous les deux. Et l'on reste l'un en face de l'autre, intimidés, émus, il y a de quoi, c'est la première fois qu'on est *vraiment* les mêmes. On s'est enfin retrouvés, lui dis-je, me dit-elle, après avoir erré, l'un et l'autre, après un interminable exil. Le sortilège va-t-il s'arrêter là, pour tous les deux ? Est-ce la fin du phénomène ? Nos vies sont-elles identiques ? Et pendant que je dresse, dans l'ordre inverse de la chronologie, la liste des métamorphoses auxquelles j'ai assisté, elle dresse la sienne.

Cette dernière mutation, m'explique-t-elle, celle de Nathan Mesme$_{(69)}$, est un soulagement car, quand elle a été mutée à Jérusalem pour travailler à l'Organisation des Nations unies, elle a remarqué que moi, Na(th)a(n)ël$_{(66-67-68)}$, me transformais plusieurs fois par jour, en Nathan, Nathanaël et Naël. Le phénomène n'étant pas sans conséquences sur la situation politique, notamment lors d'un dîner désastreux au cours duquel le directeur des Affaires étrangères israéliennes et l'adjoint du ministre des Affaires étrangères de l'Autorité Palestinienne sont entrés en conflit, et sont repartis en promettant de se livrer une guerre sans merci. Elle n'aurait jamais dû accepter que je vienne en Israël, moi, Nathanaël$_{(65)}$, j'étais pire qu'Enathan$_{(64)}$, toxicomane qui la frappait, après qu'elle a vécu avec Natha$_{n}$, Natha$_{n-1(63-17)}$, baron de la drogue et mes sbires, toute une bande de fous furieux dans notre appartement. Cette démultiplication suivait une quinzaine de métamorphoses$_{(16-03)}$, si joyeusement érotiques qu'elle se demande encore si elle n'a pas inventé le phénomène pour refouler son nombre incalculable d'amants, ce qui aurait été légitime, après avoir étouffé avec moi, Natheo$_{(02)}$, directeur d'une société pharmaceutique, un homme lugubre et jaloux. C'est à partir de cette deuxième métamorphose qu'elle a essayé par tous les moyens de résoudre le mystère, en vain, pas même ses connaissances en biologie n'ont expliqué les mutations, alors qu'elle travaillait dans un des laboratoires les plus performants du pays, après des études scientifiques pendant lesquelles elle m'a rencontré, moi, Nateo$_{(01)}$, à l'université dans laquelle elle s'était inscrite, à la surprise de ses proches, une famille nombreuse : un père militaire, absent, une mère d'origine modeste, et cinq frères, délinquants, résidant dans une cité de banlieue, où elle a vécu toute son enfance.

∅

Elle a disparu. Elle a disparu sans laisser la moindre trace, le moindre objet personnel, comme si elle m'avait quitté, ou n'avait jamais existé – le diagnostic d'illusion psychiatrique se confirmerait-il ? Je ne crois pas. Je sens subsister en moi une lucidité indiscutable. Je réfléchis à une possible métamorphose à laquelle je n'aurais pas pensé.

z,
appartenant au champ des complexes

Il s'agit de faire vite, car à chacun de mes sommeils, elle peut à nouveau se transformer en une (entité) inconnue qui s'éloignerait de moi, me dis-je en rentrant du travail (que j'ai repris), tandis que le chat rôdant depuis quelques jours dans les couloirs vient se frotter à ma jambe. Je manque de trébucher. Jusqu'ici, je ne lui ai pas donné à manger, ça ne se fait pas de nourrir le chat d'un voisin, il pourrait s'y habituer, et me choisir comme nouveau maître. Le chat insiste pour entrer, miaule et me fixe de son regard crépusculaire. Pas question ! dis-je, en entrouvrant la porte et en essayant de le chasser du bout du pied, mais il parvient tout de même à se faufiler dans l'appartement, le pas alerte, la queue en l'air, et donc, le cul à l'air, si bien que je ne peux éviter de constater (après avoir vérifié de plus près) que le chat s'avère être

une chatte !

à laquelle je propose une coupe de lait, juste le temps de réfléchir à la manière de lever le mystère. Je commence par frapper à la porte de tous les locataires de l'immeuble pour découvrir à qui elle appartient. Personne ne sait. Personne n'a même remarqué la présence d'un chat ici. C'est un comble, je m'indigne, une si belle chatte, de type siamois aux yeux bleus, mais pas non plus de race pure, Dieu m'en garde, sinon elle serait consanguine, donc conne, au contraire, ses quelques rayures grises et son poil mi-long révèlent que c'est une bâtarde, robuste et apparemment saine d'esprit. J'accroche une photo de la belle dans le hall d'entrée, accompagnée d'un mot sans ambiguïté : *À qui est cette chatte ?* Après plusieurs jours, aucune réponse. Je décide de la garder. Je me prends vite d'affection pour la créature, qui se montre joueuse, câline, indépendante et fidèle à la fois. Je m'en occupe avec soin. La journée, j'hésite à la laisser seule et enfermée. En conséquence, je bricole une passerelle pour qu'elle accède aux toits. Le soir, je lui mitonne quelques plats de mon cru, pas question de lui servir une de ces immondes pâtées. Nos conversations sont claires et nettes : je lui parle, elle me miaule – je n'avais jamais remarqué l'infinité de nuances des miaulements, et des ronronnements, si apaisants que je ne suis pas étonné de la pratique grandissante de la thérapie par les chats, je l'ai découverte en me documentant sur la condition du félin en milieu urbain.

Mais à peine me suis-je habitué à cette liaison tranquille qu'un événement vient briser mon quotidien : un matin, alors que je me réveille, je surprends la chatte en train de poursuivre

une araignée,

la saisissant dans sa gueule, la laissant fuir pour mieux la ravir ensuite, le jeu révélant une gratuité, une cruauté, que je ne lui reconnais pas. Et alors que le pauvre arachnide essaie une dernière fois de fuir, malgré une patte cassée qui pédale en l'air, cette scène de chasse, ce félin sans foi ni loi massacrant une faible créature, provoque chez moi un élan de pitié. Je décide de prendre fait et cause pour l'araignée. Je jette mon oreiller sur la chatte qui pousse un miaulement plaintif avant de s'enfuir. J'attrape un rouleau de scotch et un journal dont je déchire une page pour improviser une boîte en forme de cône. Je fais glisser l'araignée dans le refuge de fortune que je pose sur mon bureau pour évaluer l'ampleur des dégâts : la patte sectionnée n'engage pas le processus vital. Je rabats le haut du cône, ferme la porte de la chambre, que la chatte lorgne de son œil à demi ouvert, comme si elle feignait une sieste. Je verrouille la chambre, on ne sait jamais, cette chatte semble redoutable d'ingéniosité. Les précautions étant prises, je me prépare pour aller travailler.

Pendant le trajet, je me souviens du « chat de Schrödinger », nom donné à une célèbre expérience de pensée conçue par le physicien du même nom, qui désirait éprouver les paradoxes de la physique quantique en proposant de mettre un chat vivant dans une boîte où serait placé un dispositif capable de répandre un poison mortel dès qu'il détecterait la désintégration d'un atome d'un corps radioactif. Si l'on n'ouvre pas la boîte pour observer l'état du chat, ce dernier sera vivant *et* mort à la fois, car la mécanique quantique estime qu'une particule peut être désintégrée *et* intacte au même moment tant qu'on ne l'a pas observée. Inutile d'être un scientifique pour avoir l'intuition que des problèmes surgissent sitôt qu'on étend les lois de la physique quantique au domaine macroscopique : si le noyau de certains atomes peut se désintégrer pour former une nouvelle particule, on ne ressuscite aucun chat empoisonné. Pour tout dire, je ne suis pas sûr d'avoir un jour compris la pertinence d'un chat dans cette histoire. Einstein a d'ailleurs proposé de le remplacer par un baril de poudre, ce qui aurait eu le mérite de rendre l'expérience claire, mais dangereuse. Certains de mes collègues ont tout de même réussi à créer un groupe de particules dans deux états superposés. Ils ont démontré que plus un objet est grand, plus les superpositions se dissipent, ce qui, pour revenir à ma bien-aimée, invaliderait sa possible double existence, à moins qu'elle ne soit plus qu'un paquet d'ondes quantiques, hypothèse qu'il ne faut pas négliger, je reste ouvert à toute éventualité.

Durant la journée, je ne pense qu'à une chose : rentrer chez moi pour observer l'état de l'araignée. Mais quand j'ouvre la porte de la chambre, je m'aperçois que le cône est envahi d'une toile dense, qui vient, ô malheur, de faire prisonnière

une mouche !

dont les ailes battent si fort que le cône de papier vibre et se déplace millimètre par millimètre vers le bord de la table, alors que la demi-patte de l'araignée sort d'un recoin, puis ce sont les sept autres qui s'approchent de la proie. Je suis au comble de l'inquiétude : il s'agit de sauver la mouche !

À partir de ce moment, j'entre dans une sorte de paranoïa, somme toute légitime vu l'historique de ma situation, qui implique une prudence systématique à chacun de mes pas. Je lève le pied lorsque je croise la moindre fourmi ou tout autre parasite rampant. Mes gestes deviennent mesurés, la mini-faune de mon appartement me paraît fragile, précieuse. Je répertorie chaque individu sur un carnet dédié, je note les espèces en me référant à des manuels spécialisés, en précise les caractéristiques, les habitudes, les processus de chasse et tout détail d'importance.

Je propose à ma mère de m'accompagner au vivarium du Jardin des Plantes. Je lui avoue le véritable objet de notre visite, à savoir parfaire ma connaissance des métamorphoses animales. Je m'intéresse à la septième mutation d'une mante religieuse.

La métamorphose est une opération délicate, commente ma mère, qui attrape un petit carnet et un crayon pour croquer la scène. Le corps longiligne de la mante se gonfle d'air jusqu'à ce que sa carapace craque afin que chacun de ses membres en sorte. Le corps apparaît dans une nouvelle cuticule vert clair, souple et brillante. Dès que l'ancienne défroque est abandonnée, la mante déplie ses ailes pendant que la carapace se durcit.

Quelques jours plus tard, c'est ma mère qui insiste pour suivre l'évolution de la mante. En arrivant au vivarium, nous avons le plaisir de constater qu'elle a retrouvé toutes ses forces. Un mâle, plus petit, se dirige vers la femelle qui l'accueille en ouvrant ses mandibules. Il reste figé quelques instants, puis, d'un coup, il lui saute sur le dos. Pendant que ses antennes caressent celles de la femelle, il introduit son spermatophore en elle. Au moment le plus torride de la copulation, je m'apprête à laisser seule ma mère, qui croque énergiquement l'action, quand je vois le mâle se faire dévorer par la femelle. Elle commence par la tête, puis découpe les ailes qu'elle jette de côté. Les pinces crochetées du mâle ne résistent pas aux mandibules acérées de la femelle, qui n'en fait qu'une bouchée.

Certains parlent de cannibalisme, je préfère le terme d'abnégation, déclare ma mère qui rempoche son carnet.

Mon regard ne lâche pas la mante, seule au milieu des rares restes du mâle en morceaux.

Nous ressortons du vivarium. Je suis songeur. Ma mère me rappelle qu'enfant, je venais souvent ici, avec mon père. Tu t'en souviens ? Non, je ne m'en souviens pas, dis-je, encore préoccupé par le sort du mâle.

Les jours suivants, je dévore, moi, toute la littérature scientifique traitant de la condition animale, et remets en cause l'idée même d'une hiérarchie entre les hommes et les animaux, considérant ces derniers comme des individus à part entière et pas seulement comme les représentants d'une espèce. Je suis impressionné par l'éthologie canine hongroise, la plus remarquable au monde, qui estime que le concept d'une individualité animale est la seule position valable ; sans oublier la notion de culture animale, lis-je, en repoussant la chatte qui monte sur le clavier pour m'empêcher de prendre mes notes. Ce n'est pas n'importe quel chien qui reconnaît mille mots, certains le peuvent, d'autres pas. Un chien de la fin du XXe siècle n'a rien à voir avec un chien du XIXe, pensé-je en piquant du nez au bout de plusieurs heures de lecture.

L'idée d'une distinction systématique entre l'homme et l'animal est le propre des primatologues occidentaux, c'est ce que j'apprends grâce à une émission radiophonique que j'écoute pendant mon trajet jusqu'au travail ; les Japonais, eux, ne se posent jamais la question, les hommes sont des hommes, les chimpanzés des chimpanzés. Le fait de considérer les animaux ne déconsidère en rien l'humanité, au contraire, remarqué-je, en regardant dans le rétroviseur ma barbe envahissant mon visage émacié, mes yeux fatigués à force de courtes nuits.

Je suis totalement converti à la cause animale quand j'apprends que certaines bêtes sombrent dans l'abattement et ne se nourrissent plus après la disparition de leur maître. La dépression, le mal de notre siècle, est une caractéristique commune aux animaux et aux hommes, me dis-je en rentrant après une journée de travail pour retrouver mes compagnons. On ne peut tout de même pas les mettre tous sur le même plan, certains sont construits avec un plus grand nombre d'informations génétiques, m'avoué-je, en observant

un moucheron,

pris dans les pattes de la mouche, elle-même prise dans la toile de l'araignée, alors que la chatte, grâce à un habile coup de patte, ouvre la porte de la chambre, puis se lèche les babines en faisant le tour de la pièce pour éviter le super-prédateur, moi, qui ne sais plus si je dois m'interposer ou pas, craignant de briser la pyramide alimentaire et l'équilibre biologique de mon appartement.

À ce moment précis je décide de ne plus dormir dans la chambre, mais sur le canapé, en fermant la porte à clé, de peur qu'*elle* ne réapparaisse en une prédatrice absolue – du type lionne ou tigresse – qui me dévorerait dans le lit à peine me serais-je réveillé, ce qui serait de bonne guerre tant l'humain a éradiqué une quantité astronomique d'espèces, sans compter l'élevage industriel qui montre peu de respect pour ses victimes, qui les *désanimalise* sans scrupule. Dans cette rationalisation du meurtre, les animaux ne sont même plus des représentants de leur espèce, ils sont des machines à produire de la viande, tatouées, numérotées, qu'on cache à la vue du citoyen, et pour cause, aveuglé par son régime alimentaire, omnivore donc carnivore. L'homme refuse de voir la banalisation de son crime.

L'avenir de l'humain est sa mutation vers le végétalisme, me dis-je, avant de fermer la porte de mon réfrigérateur, incommodé par les odeurs de nourriture avariée. Et à défaut d'agrandir la planète, il faudrait trouver un moyen de se miniaturiser pour avoir la taille d'un insecte, pensé-je, en suivant du regard le moucheron qui a enfin réussi à s'échapper de la toile pour se poser sur

la plante verte,

dont les longues feuilles tombantes ressemblent aux cheveux gras d'une malade en phase terminale. Horreur ! Depuis quand ne l'ai-je pas arrosée ? Je décide de l'abreuver abondamment, d'hydrater ses feuilles à l'aide d'un vaporisateur et de les nettoyer une par une, jusqu'à ce que la belle reprenne du poil de la bête, je me permets ce mauvais jeu de mots moins pour faire sourire que pour transmettre à la plante des ondes positives, car il paraîtrait que certaines ressentent les ondes sonores, comme ces céréales dont les racines craquent à deux cent vingt hertz pour appeler à l'union : les fréquences émises orientent les racines voisines vers la source du son, je l'apprends en lisant un article pendant que je mange mon bol de corn flakes, admirant ma belle dont les feuilles sont, quelques jours plus tard, dressées comme les cheveux teints en vert d'une chanteuse de hard rock. Mais de là à parler de sensibilité musicale, il ne faut pas exagérer, j'allais passer *Les Quatre Saisons* de Vivaldi, mais me ravise pour une ambiance de nature, avec bruits de pluie et de tonnerre enregistrés. Les plantes ne se comportent pas comme les humains, il s'agit de changer les modes de pensée, de se *phytocentrer*, spéculé-je, en m'allongeant à côté de ma belle plante. Notre rapport au vivant s'érode, affirment les spécialistes, le rétablir est le seul moyen de sauver la nature.

Après la cause animale, je m'intéresse donc à la cause végétale. Des travaux scientifiques attestent que les arbres s'entraident. Ce ne sont pas forcément les plus forts qui survivent, me dis-je, pendant que je porte un pot d'anémones jusque chez moi. Et même si on ne peut pas tout à fait parler d'une structure politique – qui serait un communisme parfait, disent les plus engagés – et que la notion d'altruisme des arbres est à prendre avec des pincettes, les plantes révèlent un système de communication sophistiqué.

J'observe, satisfait, l'appartement devenu une véritable serre. Peut-on personnifier la nature pour autant ? Assis au milieu des végétaux, je leur lis à voix haute un article annonçant que la Cour constitutionnelle colombienne reconnaît une identité juridique à un fleuve ; idem pour la Cour indienne qui légitime celle du Gange. S'il est difficile de convoquer un fleuve au tribunal, c'est moins le problème de ses droits que celui de ses devoirs qui est posé. Le parlement néo-zélandais établit par exemple la possibilité d'intenter un procès à un fleuve lorsqu'une personne s'y est noyée, un peu comme au Moyen Âge où des porcs étaient traînés en justice après avoir détruit des récoltes. Il n'y a pas à dire, le monde se modernise. Le terme d'« écocide » est un prolongement de celui de « génocide ». Grâce à un rapport récent d'Interpol, je découvre que la criminalité environnementale est le quatrième type de criminalité le plus important au monde, en conséquence de quoi l'assemblée générale des Nations unies a adopté une résolution pour mettre fin à ce fléau.

Je regarde par la fenêtre le ciel voilé, gris, découpé en deux, d'un côté le soleil perce les nuages, de l'autre, une bourrasque de neige tombe sur la ville. Mais qui combattre ?

Les atteintes à l'environnement sont diffuses, collectives. Il est difficile d'identifier un criminel ou une victime, me dis-je, comme il est difficile pour moi d'identifier si c'est *elle* ou moi-même la victime des métamorphoses. La dilution de la causalité entraîne une dilution de la culpabilité. Qui pollue l'eau ?

Ou l'air ?

Je ferme la fenêtre, au cas où *elle* serait en train de s'échapper, non pas que je veuille l'enfermer, non, mais j'évite qu'elle ne se fasse aspirer par les entrailles polluées de la ville. C'est alors que je commence à respirer lentement, très lentement, jouissant de l'infime quantité d'air dans mes poumons, n'osant pas la recracher, faisant corps avec *elle*, améliorant de jour en jour mes records en apnée statique, résistant à la souffrance de l'asphyxie, me concentrant sur mes sensations, sur les picotements du sang passant dans les capillaires. Et quand la relaxation n'est plus d'aucune aide, j'utilise quelques bases de yoga pour réguler ma fréquence cardiaque, contractant mes muscles abdominaux, massant ma carotide pour stimuler le nerf vague. Puis je m'exerce à la méditation, au contrôle de mes organes internes, à la neuroplasticité, plongeant dans un univers sensoriel, entrant en résonance avec *elle*, mon cœur battant devient le vecteur d'une prière perpétuelle, chaque pulsation une offrande à l'aimée qui, elle, devient davantage une déesse à louer qu'une femme à chérir, un concept à explorer plutôt qu'une entité à désirer.

Ma mère, une binette dans la main, s'affaire au milieu de mes plantes et des insectes. Elle rappelle que dans les *Métamorphoses* d'Ovide, les protagonistes, éprouvés par une passion contrariée, trouvent leur forme définitive dans un animal, un humain de sexe opposé ou un élément. Écho, par exemple, repoussée par Narcisse, se transforme en rocher, et sa voix continue de répéter les derniers mots d'une phrase. Les transformations ne sont pas uniquement physiques, dit-elle en attrapant un balai posé sur un tas de feuilles mortes, elles sont aussi celles de l'âme qui s'incarne de corps en corps.

Je la surveille tandis qu'elle balaie devant ma chambre.

Il ne faut pas oublier, ajoute-t-elle, qu'Ovide règle ses comptes avec l'empereur, qui l'aurait contraint à l'exil, en utilisant à son avantage et sans s'exposer une matière mythologique, elle-même transformable à volonté.

Ma mère tente d'ouvrir la porte de ma chambre.

Fermée à clé ! lui dis-je, en lui confisquant le balai.

Les *Métamorphoses* sont politiques, poursuit-elle, désœuvrée, car elles traduisent le passage d'une époque à une autre, celle de la civilisation gréco-romaine au christianisme. Pourquoi la porte est verrouillée ?

Les courants d'air.

Je prétexte avoir du travail. Elle dit comprendre.

En la raccompagnant, je lui demande quel phénomène aujourd'hui pourrait produire une métamorphose comparable à celle du début du christianisme. La révolution numérique ? Génétique ? L'extrémisme religieux ? L'écocide ?

Non, répond-elle, la fin de l'humanité par simple dénégation d'elle-même, d'abord une baisse progressive de la natalité, puis son extinction, conclut-elle, avant de s'éloigner à petits pas lents mais sûrs.

Dans ce cas, mon aimée, avec sa capacité de métamorphoses, serait une forme augmentée de l'Homme pour répondre aux épreuves. Pas de doute, *ma* femme est l'échantillon le plus évolué de l'espèce humaine. Qui d'autre possède un tel pouvoir ? Qui d'autre peut se transformer aussi souvent et sans même s'en rendre compte ? Moi-même, j'aurais de multiples identités, selon Anna. Chacun de nous se renouvelle-t-il sans le savoir ? Cette plasticité est-elle la plus absolue des résistances ? Résistance à quoi ? À l'adversité ? À l'altérité ? Une chose est sûre, grâce aux multiples métamorphoses de la femme de ma vie, aujourd'hui, je ressens mieux les grandes mutations de ce monde.

Cette dernière pensée me donne une énergie nouvelle. Je me sens léger, fort et libre. Je me projette pour la première fois sans elle. Peut-être arriverai-je bientôt à rencontrer quelqu'un de « normal », qui ne changera pas sans arrêt, du moins en apparence. Comprendre le sens de cette destinée absurde n'est plus une obsession pour moi. Tant pis si le mystère persiste. D'ailleurs, l'énigme se résumerait-elle au fait de ne pas avoir à l'élucider ?

Mais peu à peu les inquiétudes reviennent, plus profondes cette fois, comme si, à peine avais-je accepté de me séparer de mon alter ego, un vide s'était ouvert. Je perds l'appétit. Mon corps subit une transformation attendue : il fond, considérablement, jusqu'à ce que je ne me reconnaisse plus du tout en me regardant dans le miroir. Mon esprit subit le même processus, il rétrécit. Je dors à longueur de journée, sur le canapé, n'osant toujours pas entrer dans la chambre, redoutant une énième métamorphose, la dernière, l'ultime, celle de

la Mort,

qui viendrait me faucher. J'épie la porte de la chambre, les araignées, les mouches, les moucherons et les cloportes qui passent dessous et traversent le salon. Parfois je lève les yeux sur la télévision constamment allumée, elle constitue le stade ultime du miroir déformé d'une société à laquelle je n'ai plus accès, visages figés, peaux lisses, décors de néons agrémentés de quelques écritures qui se baladent sur l'écran plat. J'observe les mouvements de tête et les tics médiatiques, l'hyperdramatisation d'événements mineurs, l'hyperdramatisation d'événements majeurs, tout se vaut. Ça me laisse indifférent, car ce que je guette à travers cette fenêtre, ce sont les silhouettes des femmes.

Je *la* cherche, tous les jours, vingt-quatre heures sur vingt-quatre.

Un matin, on sonne à la porte. Je me lève difficilement. À travers le judas : une femme ! Elle est accompagnée de deux hommes. Le visage s'approche de la lentille sphérique, qui le transfigure : nez proéminent, menton minuscule, l'œil gauche se gonfle comme une goutte d'eau se détachant pour tomber, l'œil droit, lui, fuit vers la ligne d'horizon, formant une perspective ahurissante, le tout ressemble à un monstre absurde, déformé par la réalité d'un appareil fonctionnel, ou d'un appareil d'État, puisque c'est un « Police nationale » que j'entends derrière la porte.

70

La présidente de la cour d'assises appelle à la barre madame l'officier de police judiciaire, membre de la cellule dédiée aux disparitions de la BRDP.

Pourriez-vous indiquer à la cour quel a été le comportement de l'accusé quand vous êtes entrée en contact pour la première fois avec lui ? demande la présidente, avant de se tourner vers mon box.

Je me redresse, surpris qu'on me désigne, comme si j'étais étranger à la situation. Je me souviens très bien de cette femme, car au moment où j'ai ouvert ma porte, il y a plus d'un an et demi, j'ai cru qu'*elle* revenait sous l'identité de cette policière. Aujourd'hui, son visage me paraît aussi monstrueux dans la lumière blafarde du tribunal qu'il l'était à travers le judas.

Après avoir ouvert la porte, affirme l'OPJ, monsieur Mesme affichait un air étrange, comme s'il était heureux de me revoir après une longue absence. Mais lorsque je lui ai expliqué que je cherchais une certaine Anna Emmes, il a semblé déçu. Je l'ai informé que le père, veuf, militaire, en mission à l'étranger, s'inquiétait pour sa fille : elle ne répondait pas au téléphone et personne ne l'avait vue depuis des semaines. La seule trace que j'ai trouvée, poursuit l'OPJ, était l'adresse de l'accusé que mademoiselle Emmes avait renseignée pour un abonnement. Monsieur Mesme m'a dit qu'il n'avait pas non plus de nouvelles, et qu'il comptait prévenir la police. J'ai insisté pour entrer dans l'appartement. Il a prétendu devoir aller travailler. Quand j'ai forcé le passage pour m'introduire dans le salon, j'ai constaté qu'une grande quantité de plantes vertes l'envahissait, une véritable jungle, l'humidité était oppressante, des nuages d'insectes volants et rampants le traversaient. Un oreiller et un drap plié étaient posés sur le canapé, suggérant que quelqu'un y avait dormi. Lorsque j'ai voulu inspecter la chambre à coucher, la porte était fermée. Les courants d'air, s'est justifié monsieur Mesme en me tendant la clé. Il semblait inquiet. Une fois entrée, je n'ai trouvé personne, pas la moindre trace d'Anna Emmes, mais un grand nombre de cheveux longs dans le lit.

La présidente me regarde en écartant les mains en signe de lassitude. Je ne peux détacher mon regard de ses ongles bombés, de ses doigts gonflés, de son visage bouffi et de son corps petit, l'ensemble produit chez moi une désagréable impression de déjà-vu.

Étant donné que la personnalité de l'accusé et la nature des faits nécessitent d'établir un rapport psychiatrique, affirme la présidente, je convoque l'experte inscrite sur la liste de la cour d'appel, dont la mission est de procéder à l'examen de monsieur Mesme, d'indiquer s'il est atteint d'un trouble psychique ou neuropsychique ayant altéré son discernement ou le contrôle de ses actes, et, de façon générale, de communiquer toutes observations utiles à la manifestation de la vérité.

L'experte a de faux airs du docteur Anne-Marie Alter$_{(14e)}$, ou peut-être est-ce mon imagination qui me joue encore des tours.

Quand j'ai examiné monsieur Mesme, entame-t-elle, il était touché par un syndrome dépressif, dénombrant des signes réactionnels à la disparition d'un proche, ce qui induit un diagnostic qui n'aurait pas été celui que j'aurais pu établir quelques mois plus tôt, à l'exception d'un seul trouble, mais pas des moindres, qui subsiste avant et après les faits reprochés, trouble dont il s'était plaint aux urgences, celui d'être victime d'illusions, moins neurologiques – les IRM ne montrant aucune lésion – que psychiatriques. Et encore faut-il être prudent, l'urgentiste avait des réserves quant à la caractérisation du trouble lui-même, et lui avait prescrit un traitement standard, qu'il n'avait pas suivi, pour choisir, assez raisonnablement dois-je avouer, une thérapie de type freudien afin de traiter sa pathologie. Ses illusions pourraient s'expliquer par le fait qu'il n'assume pas son fréquent changement de partenaire, préférant croire, par une sorte de sublimation singulière, que je qualifierai de poétique, qu'il vit avec une seule et même femme qui, elle, se métamorphose.

Des rires éclatent dans le public.

L'avocat général lève les bras et soupire.

Mariane, mon avocate, ne respire plus.

Je cherche des yeux ma mère, qui se décompose.

Mais force est de constater que cette pathologie n'est pas totale, précise l'experte, ses capacités cognitives ne sont pas altérées, à l'inverse de tous les schizophrènes. Au contraire, ce docteur en physique des particules continue à travailler sur des problèmes exigeant une concentration et une organisation exceptionnelles. Et même s'il a pris un congé maladie de plusieurs semaines, nul n'est censé ignorer que le phénomène du *burn out* n'est pas un cas extraordinaire.

L'avocat général ne tient plus sur sa chaise.

La présidente voit bien qu'il a des observations à faire, la parole est à lui.

J'aimerais savoir, merci madame la présidente, alors même que la police soupçonne la déposition d'être un tissu de mensonges, si la spécialiste ne se ferait pas instrumentaliser par la défense qui veut plaider la folie.

C'est l'instrumentalisation de la folie qui serait une folie, remarque l'experte.

Selon moi, rétorque l'avocat général, l'accusé se fait passer pour un malade afin d'éviter l'incarcération et bénéficier d'une hospitalisation.

Je serais surprise, répond-elle, que l'accusé préfère l'hospitalisation, car vous êtes sûrement au courant – tout le monde est au courant de tout aujourd'hui sans pour autant que ça change – qu'on ne sort pas plus tôt d'un hôpital psychiatrique que d'une prison. Et pour bien se rendre compte des conditions, elle va les résumer, ajoute-t-elle en riant à demi, comme si elle constatait sa propre impuissance : quand un malade est hospitalisé en prison, les psychotropes ont un effet de sédation qui le transforme en zombie. S'ensuivent des troubles de l'humeur réactionnels à la situation. Il devient mélancolique, refuse de communiquer, ne mange plus, essaie de se pendre dans sa cellule, puis est soumis à des électrochocs pour l'extraire de cette même mélancolie. Et si un condamné est interné en psychiatrie classique, ce n'est pas mieux, les chambres d'isolement sont fermées, il peut être attaché sur un lit pendant des jours, voire des semaines.

Je blêmis.

Non, reprend l'experte, il est préférable qu'il s'en tienne à la vérité et qu'il affronte la justice des hommes.

La vérité ? répète l'avocat général, un jury peut-il sérieusement croire qu'une femme se métamorphose ?

Dans le public, on ne rit plus, on attend la réponse.

Que la compagne de monsieur Mesme se métamorphose ou pas, répond l'experte, cela n'implique pas un lien de causalité : il est peut-être malade, mais pas nécessairement l'auteur des faits dont on l'accuse.

Bien ! ajoute la présidente excédée, il me semble opportun de nous appuyer sur quelques dépositions supplémentaires, sous le contrôle de mesdames et monsieur les jurés et de la cour.

Le jury, constitué d'un homme et de sept femmes, m'examine du haut de son estrade.

Je baisse les yeux.

L'enquête de voisinage, poursuit la présidente, révèle bien des contradictions car, selon les cas, ou selon les périodes, tantôt monsieur Mesme menait une activité sociale dense, festive, changeait régulièrement de compagne et vivait parfois avec plusieurs d'entre elles, tantôt il traversait une solitude extrême, ne sortait pas et n'avait aucun lien avec ses voisins. D'après son collègue Gabriel Blanc, l'accusé est un scientifique compétent et un bon camarade, une personnalité fantasque, qui connaît de nombreuses déceptions amoureuses, certes, mais un homme responsable. Il n'arrivait pas à trouver un équilibre affectif depuis sa rupture avec une certaine Anna, docteur de philosophie en physique des particules. Et à propos de vie en communauté avec des femmes, conclut la présidente, le témoignage qui va suivre est le plus important, mesdames et monsieur les jurés, il revient sur sa petite enfance et ses relations avec sa mère.

Tous les regards se tournent vers ma mère, qui se décompose davantage.

Sa psychothérapeute, reprend la présidente, le docteur Sainte-Anne, n'a pas rapporté leurs séances de manière exhaustive, secret professionnel oblige, mais elle a insisté sur le fait que monsieur Mesme a passé une partie de son enfance au sein d'une communauté constituée uniquement de femmes, installée dans une bastide qui appartenait au psychanalyste et philosophe Félix Guattari, dont il est utile de rappeler qu'il a écrit, avec son acolyte Gilles Deleuze, *L'Anti-Œdipe*. Pour ceux qui ne l'auraient pas lu, précise le docteur Sainte-Anne dans sa déposition, les auteurs ont mis en œuvre une entreprise de destruction systématique du schéma freudien : l'inconscient ne délirerait pas sur le *moi*, le père et la mère, mais serait une usine désirante qui produirait du schéma social. Et dans cette communauté, la première impression de métamorphose que le jeune Nathan aurait subie aurait été déclenchée pendant qu'il apprenait à lire, à écrire et à compter : des femmes se relayaient les unes après les autres, tous les jours différentes, pour lui faire la lecture de contes fantastiques et de mythes fondateurs. Selon le docteur Sainte-Anne, son inconscient se serait en quelque sorte structuré autour d'une seule et même entité, cette figure maternelle polymorphe, corrigeant ainsi la fragmentation des identités à laquelle il était confronté.

Dans le public, ma mère reste de marbre.

Malgré cela, reprend la présidente, et toujours selon le docteur Sainte-Anne, la relation avec sa mère est plutôt saine, à l'exception de quelques symptômes qui se retrouvent dans la grande majorité des relations mère-fils : une certaine fusion voulue par la mère, cette dernière espérant ainsi créer une extension unilatérale d'elle-même, schéma qu'il a lui-même entretenu, dès le plus jeune âge, par une soumission intellectuelle assez efficace, afin de faire croire à l'intéressée que l'entente était parfaite, ce mouvement lui permettant de ne pas entrer en conflit avec elle, ce qui n'était pas chose facile à en juger le caractère de sa génitrice, aussi fantaisiste – telle mère, tel fils – qu'autoritaire. Mais rien, selon le docteur Sainte-Anne, en tout cas à sa connaissance, ne pourrait laisser penser qu'il y ait eu un conflit fondamental entre eux, puisqu'il préfère les éviter, et encore moins des sévices pendant l'enfance, qui auraient pu induire chez l'adulte une violence quelconque envers les femmes, ou un esprit criminel. Bref, rien, dans son caractère, n'expliquerait qu'il ait pu préméditer le meurtre de sa compagne puis la dissimulation de son corps.

Les regards se tournent, cette fois, vers moi, accusé d'un des crimes les plus épouvantables : le *féminicide*.

La présidente invite ma mère à venir à la barre pour témoigner.

Encore une fois, lance-t-elle de sa voix de stentor, on s'escrime à diaboliser et ridiculiser les expériences des années 1970, mais je voudrais rappeler que, quand bien même mon fils aurait grandi dans un environnement marginal, il est devenu un éminent scientifique, travaillant dans le plus grand accélérateur de particules au monde, il a toujours eu la tête sur les épaules, jusqu'à ce qu'il fasse une dépression, non pas avant, mais pendant une analyse avec une psychothérapeute qui, faut-il le préciser, est membre du Renouveau charismatique catholique, lequel a fait l'objet de plusieurs accusations de dérives sectaires. Cette psychothérapeute a d'ailleurs procédé à une entreprise de prosélytisme massif, l'entraînant à tenter de se sacrifier dans la mer Morte, en Palestine ! conclut ma mère, éructant.

Dans le public, on s'ébahit.

L'avocat général lève les yeux au ciel.

Mariane, ma chère avocate, affiche un air satisfait.

Et même si je dois bien admettre, reprend-elle, que les hommes sont, pour la plupart, des arriérés, abrutis et violents, mon fils, lui, n'aurait jamais agressé personne. Je regrette presque de l'avoir éduqué selon des valeurs aussi féministes tant il s'est régulièrement retrouvé la victime de femmes, qui n'ont pas usé de brutalité, certes, mais qui ont fait preuve de quelques perversions remarquables, comme cette psychopathe qui nous harcelait jusqu'à entrer chez moi pour essayer de lacérer un de mes tableaux avec un couteau à cran d'arrêt !

Dans le public, on plaint la vieille dame sans défense et l'artiste de génie.

À propos de cette compagne, une certaine Hana Akhar, affirme la présidente en se tournant vers moi, l'enquête précise que trois témoins vous ont vus vous battre en pleine rue ; avez-vous un commentaire à faire, monsieur Mesme ?

Cela ne s'est pas tout à fait passé comme on pourrait le croire, dis-je en me levant. Elle m'a agrippé et, quand j'ai voulu me détacher d'elle, elle s'est jetée contre une porte vitrée. Les témoins, qui n'ont vu que la fin de la scène, ont cru que c'était moi qui l'avais poussée ainsi.

Le public, lui, n'en croit pas ses oreilles.

La présidente se racle la gorge. Votre rapport aux femmes pose tout de même quelques questions, ajoute-t-elle, avant de se reporter à un procès-verbal : le patron du café Alrijal déclare que vous veniez dans ce bar tous les jours « parce qu'au moins, là », elle cite, « les femmes étaient *haram* », ce qui signifie interdites, prohibées.

Mariane retient sa respiration.

C'est l'avocat général, cette fois, qui affiche un air satisfait.

La présidente me demande de m'expliquer.

J'avais choisi ce quartier parce qu'aussi étrange que cela puisse paraître aujourd'hui, il n'y avait aucune femme, c'est vrai, ni dans la rue ni dans les bars, et peu dans les commerces. J'avais peur de croiser ma compagne qui me harcelait. L'endroit me rassurait. Alors que je n'ai jamais apprécié la promiscuité masculine, s'opérait en moi un changement, assez spectaculaire, celui d'aimer me fondre dans une foule composée uniquement d'hommes – et aucun risque de se tromper sur le genre, madame la présidente, les hommes portaient une barbe drue que j'avais moi-même adoptée avant de me raser le crâne pour passer inaperçu.

La présidente et son jury me considèrent, imperturbables.

Ça peut surprendre mesdames et monsieur les jurés, bredouillé-je, mais quand vous redoutez la présence d'une femme, ou de toutes les femmes, ce type de quartier procure un sentiment de sécurité, il faut se représenter ce que c'est de ne pas savoir si chaque femme ne va pas se jeter sur vous. La seule chose que je regrettais, c'étaient les voiles, ou pire les burqas – avec leurs petites grilles qui cachaient les visages de celles, rares, que je croisais – que ma compagne aurait pu enfiler pour me duper. En dehors de cela, le quartier était autrement plus rassurant que les transports en commun, dans lesquels j'osais à peine lever les yeux. Je prenais toute une série de précautions pour ne pas attirer l'attention : je fermais les jambes pour laisser de la place à mes voisines, me plaquais contre la porte pour éviter tout contact involontaire. Je déplorais l'insistance des réseaux sociaux et des médias sur les bienfaits du changement de société dans lequel les femmes libéraient leur parole, moins sur le principe, bien sûr, je suis pour, que dans les faits, car je devenais la proie idéale de toutes sortes de remontrances, puisque, chacun le sait, la parole se libère davantage contre les hommes inoffensifs que contre les véritables dangers publics – j'en suis le premier désolé, et la première victime, que mesdames et monsieur me croient.

En regardant les visages fermés des sept femmes, je doute que le jury me croie. Force est de constater que le destin s'acharne contre moi. Pendant la composition du jury,

Mariane a dû récuser trois femmes avant de pouvoir placer un homme, ce qui n'est pas très équitable pour juger un féminicide. Cette armée d'amazones m'inquiète. La deuxième en partant de la droite me rappelle $Ana_{(07)}$ et son regard hautain ; la première en partant de la gauche semble résolue à aller au bout de sa vengeance, un peu comme $Hana_{(08)}$ l'était quand elle me harcelait, me dis-je, avant de me retourner vers le public et de reconnaître Ann_n, Ann_{n-1}… jusqu'à Ann_4, quand la voix de la présidente me sort de mes pensées.

C'est le moment de nous pencher sur le déroulement des faits reprochés à l'accusé, affirme la présidente, j'appelle à la barre l'enquêtrice qui a dirigé les investigations.

Le lieutenant de la police judiciaire entre, la démarche sûre, la carrure athlétique – elle doit bien me dépasser d'une tête.

J'ai mené la première audition, précise le lieutenant, mais la suite de l'enquête révèle une incohérence majeure : on ne trouve aucune trace de la compagne de monsieur Mesme. Le nom qu'il a indiqué n'existe pas. Le père d'Anna Emmes a lui-même disparu, à se demander si ce n'est pas l'accusé qui a signalé la disparition pour brouiller les pistes. Aucune trace de sang nulle part, aucune voiture abandonnée, aucune vidéo enregistrée par une quelconque caméra. Anna Emmes s'est littéralement volatilisée. Là où, normalement, des faisceaux d'indices, même minimes, surtout à notre époque du tout numérique, permettent d'inculper un criminel, ici, rien. Cette absence totale et parfaite de preuves tendrait à montrer que la disparition serait le résultat d'un crime prémédité par une intelligence hors du commun. J'ai donc placé monsieur Mesme en garde à vue, précise le lieutenant, et mené une seconde audition. Sa nouvelle déclaration n'a pas contredit la première, mais il n'a pas livré d'éléments supplémentaires contribuant à retrouver la trace d'Anna. Quant à ses rares proches, ils ont dit avoir eu vent de cette relation, mais ne l'ont pas rencontrée : ce n'est un secret pour personne que monsieur Mesme ne reste jamais plus de quelques semaines, ou quelques jours, avec ses partenaires. Aucun témoin n'a vu sortir de femmes, en revanche, une voisine en aurait vu entrer chez lui. Je dois avouer, ajoute le lieutenant, que je le soupçonne de les avoir toutes fait disparaître. J'ai pensé, dans un premier temps, ouvrir une enquête pour meurtres en série.

Dans le public, tous les regards se tournent vers moi.

Je ne respire plus.

Mais sans preuve concrète, le juge d'instruction a préféré circonscrire la qualification de meurtre avec préméditation à la seule femme dont la disparition a été enregistrée par l'officier de police judiciaire.

Je respire – à demi.

L'experte de la police scientifique – qui me semble avoir des origines réunionnaises ou japonaises ou les deux et me rappelle Ann… peu importe – dit ne pas pouvoir se prononcer catégoriquement, car parmi les soixante-neuf ADN identifiés grâce aux cheveux récoltés dans l'appartement, aucun n'est répertorié dans les fichiers informatiques. Mais chose troublante, ajoute-t-elle, chaque ADN a une base commune avec les autres, comme s'il s'agissait de membres d'une même famille, ou plutôt, d'un même ADN, modifié, dégradé.

La présidente et le jury restent perplexes.

Dans le public, on murmure, on chuchote, on s'interroge.

À la suite de ces deux dernières dépositions, affirme la présidente, j'aimerais vous entendre à nouveau, monsieur Mesme, je répète que vous risquez des années de réclusion. Comment expliquez-vous la disparition d'Anna Emmes ?

Comme je l'ai déjà dit, depuis le début de la procédure, c'est la question la plus difficile, même quand celle qui me la pose est censée servir mes intérêts, à savoir mon avocate :

Maître Mariane Novel,

commise d'office, que je rencontre pour la première fois pendant ma garde à vue, juste avant la deuxième audition. Ce jour-là, elle m'informe que je risque la perpétuité – je blêmis – ça c'est pour le maximum, le minimum, c'est l'acquittement bien sûr – je me détends –, elle ne veut pas m'inquiéter, mais plutôt connaître ma version des faits, et si possible la vérité, en évitant les contradictions. Je réponds que je suis désolé, mais que je n'ai pas, pas encore, suffisamment confiance en elle pour lui dire la vérité, qui est plus facile à dire qu'à croire. L'unique information que je puisse lui révéler pour qu'elle me croie est celle-ci : je n'ai jamais fait de mal à ma compagne, jamais, c'est terrible, absurde, en revanche, le fait que la police ne trouve pas sa trace n'est pas absurde.

Après un temps, l'avocate me prévient que pendant l'audition, imminente, elle ne pourra pas intervenir, surtout si je lui mens. Je m'assois, je mets ma tête entre mes mains, je marmonne des mots épars et des appels à l'aide. L'avocate me prend les mains, essaie de me rassurer. Je lui parle alors des métamorphoses, je n'ai pas le choix, du moins j'en parle comme un mal dont je pense être touché. Elle m'écoute. Le phénomène s'avère être la seule explication possible à tout ce qui m'arrive depuis quelques années.

Et c'est le soulagement, la stupéfaction, quand elle dit, non pas me croire, mais être troublée par l'aveu, tout comme elle a été troublée quand elle a pris connaissance des faits reprochés, comme si elle percevait des non-dits, un secret d'importance, quelque chose de familier, des images vaporeuses d'un rêve lointain, que je lui dévoilerais bientôt. En entendant ses mots, je ne sais pas si je dois rester sur mes gardes, au cas où elle me manipulerait ou, au contraire, lui faire une confiance aveugle, car je me dis que c'est peut-être *elle* ! qui est de retour, au moment où j'en ai le plus besoin, sous l'identité de cette avocate, incognito, venue me défendre, ce qui serait logique, les métamorphoses répondant autant à mes craintes qu'à mes désirs. D'ailleurs, son prénom, Mariane, sans être tout à fait clair, est révélateur, comment n'y ai-je pas pensé ! Si c'est le cas, elle-même ne se rendrait pas compte de son identité, évidemment, depuis sa « disparition », de nombreuses mutations auraient si fortement altéré sa mémoire qu'elle m'aurait oublié. Elle a pu se métamorphoser plus de quatre cents fois, et, de décalage en décalage, je serais moi-même incapable de la reconnaître. Mis à part quelques taches de rousseur, elle n'a rien de commun avec Anna qui, elle, me ressemblait comme deux gouttes d'eau. Je n'ose lui dire le fond de ma pensée, j'ai peur de me tromper, mais surtout qu'elle me prenne pour un fou, qu'elle me fuie. J'ai besoin d'elle, soyons prudent, motus et bouche cousue. Je préfère la fixer intensément, au cas où elle se souviendrait de moi. Elle me regarde la regarder, longuement, d'un air perplexe, avec ce quelque chose qui se transforme peu à peu en une faiblesse, une attirance, un désir. C'est bon signe. Le visage de la jeune femme rougit, prend-elle conscience de la réalité ? Pas sûr, car elle me conseille de m'en tenir aux faits.

N'évoquez pas votre mal, dit-elle, ou en dernier recours, si vous êtes poussé dans vos retranchements, si on vous accuse de mentir, dans ce cas, vous devez en parler comme vous venez de le faire, c'est le seul moyen de limiter les dégâts, vous comprenez ?

J'ai compris.

Nous pourrions, reprend-elle, tenter l'altération du discernement, laquelle entraîne les circonstances atténuantes et une diminution de la peine, ah non ! si je plaide les circonstances atténuantes, c'est que les circonstances atténuent la gravité d'un crime que vous auriez commis, crime que vous devriez donc avouer, retour à la case départ, je m'appuierai plutôt sur une expertise médico-psychologique, que disais-je ? oui, c'est cela, je plaiderai que vous n'avez pas commis les faits, mais à titre subsidiaire, comme ça, l'air de rien, on peut sous-entendre qu'il y a eu altération ou abolition du discernement, non ! pas abolition, car vous risquez de ne jamais sortir de l'hôpital, enfermé *ad vitam æternam*, de toute façon, je ne suis pas inquiète, sans corps, difficile d'inculper, ça arrive, mais c'est rare, bref, en résumé, j'ai un mal fou à me concentrer, pendant l'audition, il faudrait que vous évoquiez votre pouvoir de métamorphose, pardon, le pouvoir de métamorphose de votre compagne, comme un trouble psychologique, de manière subtile, quelque chose de flou, d'artistique, un entre-deux, vous comprenez ?

Oui oui, j'ai compris.

Bien, conclut-elle, allons-y, tout va bien se passer.

Mais quand nous ressortons de l'audition, Mariane me prévient que je vais être déféré. J'ai vu la tête du lieutenant, explique-t-elle, c'est mal parti, mais vous ne devez pas vous inquiéter, je vois bien que vous vous inquiétez, vous allez rester en liberté, sous contrôle judiciaire, pas en détention provisoire, l'accusation manque d'éléments pour prouver que vous êtes un danger pour la société, vous ne pourrez pas sortir du territoire et devrez vous rendre une fois par semaine au commissariat pour pointer. Vous garderez votre travail si votre travail veut vous garder. Et puis vous choisirez un bon avocat, ajoute-t-elle, je ne veux pas dire par là que je suis mauvaise, je veux juste vous informer que je suis commis, commis*e*, je ne sais plus, j'en perds mon français, normalement mon rôle se limite à la garde à vue, et une fois que la garde à vue est terminée, c'est fini, d'ailleurs, adieu, monsieur Mesme, dit-elle avant de s'éloigner au pas de course.

Mariane !

Oui, me répond-elle en se retournant.

J'aimerais vous revoir.

Me revoir ? répète-t-elle, surprise.

Je voudrais vous garder comme avocate.

Ah, dit-elle, vous ne préférez pas un avocat spécialisé ? Pourquoi me feriez-vous confiance ? Je n'ai rien prouvé.

Si, dis-je en me rapprochant, vous m'avez écouté sans me juger, et puis vous m'avez proposé une stratégie qui me convient.

Pourquoi pas, répond-elle en faisant à son tour un pas vers moi, je pourrais, si l'affaire m'intéresse, l'affaire m'intéresse-t-elle d'ailleurs ? se demande-t-elle, oui, le cas est intéressant, avoue-t-elle en plongeant ses yeux dans les miens, je vous crois, je pense que vous ne m'avez pas caché la vérité, disons *votre* vérité !

Et c'est sur cette notion de vérité, relative, que l'avocat général entame son réquisitoire. Selon moi, profère-t-il, ce procès aura été celui de l'affabulation, de l'artifice et du mensonge ! Un an et demi de procédure et plus de trois jours d'audience pour examiner le cas d'un menteur compulsif. La cour a pu constater avec quelle obstination l'accusé a nié la vérité pour reconstruire un pauvre passé. Mais c'est aussi le procès de l'égarement, car tant d'allégations ont circulé au cours de cette audience qu'il est difficile d'y trouver un sens. Pour essayer de contribuer à plus de clarté, poursuit-il, je tenterai de répondre à plusieurs questions qui se sont posées.

La première est de savoir si l'accusé est « un homme à femmes ». Mais de qui se moque-t-on ? Que mesdames et monsieur les jurés le regardent bien, dit-il en me désignant, il n'a ni les attributs d'un étalon ni le charme d'un Casanova. Je le qualifierais plutôt d'ordinaire, sans condescendance aucune. Il n'a pas non plus les signes extérieurs de richesse qui plaisent à certaines femmes, ni un poste lui conférant un pouvoir dont il aurait abusé pour arriver à ses fins, ni une fonction, si modeste soit-elle, qui l'amènerait à fréquenter tous les jours des femmes différentes, comme un barman. Non, il est un expérimentateur scientifique, travaillant dans un accélérateur de particules, sous terre, où il y a plus de particules que d'hommes, et plus d'hommes que de femmes. Il faudrait au moins qu'il nous ait parlé de la manière dont il a conquis ces femmes. Absolument rien n'a été évoqué à ce sujet. L'accusé a davantage le triste talent de sublimer l'ordinaire. Mais là où le bât blesse, c'est qu'il n'assume même pas le fantasme d'être un collectionneur de femmes. Il imagine vivre une relation exclusive avec une seule femme qui, elle, serait victime d'un phénomène sur lequel je préférerais ne pas revenir, pitié mesdames et monsieur les jurés, je voudrais élever le débat.

Ce qui m'amène à la question suivante : par cette fable, ce subterfuge, l'accusé tente-t-il de duper la cour ou se dupe-t-il lui-même ? Peut-être n'a-t-il connu intimement qu'une seule femme, qui l'a repoussé, qu'il a assassinée puis fait disparaître, avant de retourner dans les jupons de sa mère. Et quelle mère ! À propos du rapport qu'il entretient avec elle, le docteur Sainte-Anne parle bien de « prolongation unilatérale ». La cour est donc en présence d'un fils émasculé, qui va jusqu'à fréquenter à longueur de journée des barbus, les imitant dans ce qu'ils ont de plus « remarquable », cela n'a pas échappé à mesdames les jurées : une misogynie moyenâgeuse !

La troisième question a été évoquée insidieusement : est-il un tueur en série ? Et là, on croit rêver. Supposer qu'il puisse être un de ces psychopathes est doublement offensant. D'abord pour la justice, qui n'aurait pas trouvé les preuves suffisantes. Mais offensant ensuite pour les experts psychiatriques, car même si un prédateur peut ressembler à votre voisin, à votre ami, au passant qui se fond dans la foule, selon une étude ayant isolé les traits typiques des tueurs en série, on sait, sans être un *profiler*, que l'accusé ne possède aucune caractéristique de ces tueurs. Il n'est ni drogué au pouvoir, ni manipulateur, ni égocentrique et vantard, ni charmeur superficiel, il ne peut être qualifié de « bon gars », ni ne souffre d'énurésie nocturne. Que mesdames et monsieur les jurés ne se trompent pas, précise l'avocat général, je ne désavoue pas la suspicion de *serial killer* pour l'innocenter, mais pour ne pas ridiculiser la justice, laquelle fait son travail avec sérieux et n'accuse pas sur un coup de tête. N'oublions pas qu'il a fallu dégager un temps et des effectifs considérables, allouer un budget colossal, pour rechercher ses anciennes compagnes, introuvables, puisque issues de son imagination et de celle de ses voisins – notre pays, soit dit en passant, a brillé et brille encore par sa capacité à multiplier les (fausses) délations, *confer* la France sous l'Occupation.

La quatrième question découle des autres : essaierait-il de faire croire qu'il est victime d'illusions d'origine psychiatrique ? Les propos de l'experte sont sans appel : elle ne parle pas de folie mais de « sublimation poétique » ! Je n'ai rien contre la poésie, mais elle n'a pas sa place aux assises ! Je le répète, la parole de l'accusé est celle du mensonge. Il a le droit de mentir pour se défendre, c'est une règle démocratique, mais il en a largement abusé pendant l'audience pour détourner mesdames et monsieur les jurés des preuves accablantes qui le désignent.

L'avant-dernière question est : a-t-il fait disparaître le corps de celle qui s'avérera être la victime ? La défense a plusieurs fois déclaré que les preuves scientifiques ne démontraient pas directement la culpabilité. Heureusement ! pourrais-je presque dire, car les agents de la police technique et scientifique ont au moins la décence, le professionnalisme, de prendre des précautions : ce n'est pas à eux de prouver la culpabilité, ils doivent constater et rapporter, pas conclure.

Par conséquent, la seule et unique question valable est donc cette dernière : si ce n'est pas lui qui a fait disparaître le corps de la victime, alors qui d'autre ? Le lieutenant en charge de l'enquête l'a assez répété : on ne trouve aucune trace de complice. Le fait de donner volontairement la mort à autrui constitue un meurtre. En conséquence, je requiers contre l'accusé la peine de trente ans de réclusion criminelle !

Je baisse la tête, anéanti.

Dans le public, ma mère est livide.

C'est encore sur la notion de vérité que Mariane appuie sa plaidoirie. La version de mon client n'est peut-être pas celle du tribunal, dit-elle, mais c'est la sienne, qui peut paraître étrange, bizarre, chacun a sa perception de la réalité, chacun sa manière de survivre dans un monde flottant, de plus en plus virtuel, en menant des vies fragmentées, passant d'une relation à une autre sans y être préparé, alors chacun cultive ses croyances, sa foi, pourquoi pas celle de l'existence d'une femme *métamorphe*, ce n'est pas plus incroyable que celle de Dieu, à laquelle des milliards d'individus croient. De quel droit (pénal) les matérialistes auraient-ils une supériorité sur les croyants, en quoi feraient-ils autorité ? Les temps changent, il faut se souvenir qu'au Moyen Âge chrétien, la chasse aux sorcières était une procédure banale, le supposé sorcier était perçu comme un criminel de droit commun, poursuivi et condamné comme tel, on peut y voir une singularité archaïque, sourire d'un air entendu, il n'en reste pas moins que la justice moderne n'est pas prête à juger l'irrationnel, la justice change, l'humanité change, elle ne cesse de se métamorphoser en fonction des époques ! vocifère Mariane, dans un accès de lyrisme, devant un public ébahi, tandis que je la fusille du regard, avant qu'elle se reprenne, s'éclaircisse la voix. Je préfère revenir sur le concret du dossier, dit-elle, en effet, j'estime que les apparences sont peut-être contre mon client, mais que les éléments sont insuffisants pour démontrer la moindre culpabilité, pour prouver qu'il aurait commis intentionnellement un acte de violence qui aurait entraîné la mort. Comment aurait-il fait disparaître cet hypothétique corps ? On pense que la vérité est une et indivisible, qu'elle est un trésor caché au fond du jardin. Non, la vérité juridique obéit à un certain nombre de critères, de conventions, et si un seul d'entre eux n'est pas rempli, la justice ne doit pas condamner. Les trois jours d'audience ont relevé nombre de contradictions qui empêchent de répondre à certains de ces critères. C'est pourquoi, en conclusion, je demande l'acquittement !

Avant que le jury se retire afin de délibérer, la présidente me donne la parole une dernière fois.

Je ne cache pas, mesdames et monsieur les jurés, que la disparition de ma compagne est une perte irréparable. Je le jure, je n'ai levé qu'une fois la main sur une fille. J'avais dix ans. J'étais si petit de taille pour mon âge que les filles se moquaient continuellement de moi. Un jour, l'une d'elles, qui faisait une tête de plus que moi, m'a demandé en riant pourquoi j'étais si petit. J'allais lui expliquer, lui ai-je dit, mais pas devant tout le monde. Elle m'a suivi. Et quand on a été à l'abri des regards, je l'ai giflée. Elle a répliqué si fort que j'en étais hébété. Nous sommes repartis chacun de notre côté, piteux et honteux. Je n'ai plus jamais levé la main sur une fille. Jamais sur une femme. Certainement pas sur ma compagne. Si je suis coupable de quelque chose, c'est de ne lui avoir pas assez témoigné mon amour, alors même que je lui étais passionnément attaché. Je suis seul aujourd'hui, parce que je refuse de mentir. Que mesdames et monsieur les jurés me pardonnent ma mélancolie, qu'ils m'accusent d'être méprisable, de ne pas être capable de prouver cet étrange phénomène qui me touche, m'échappe. Que mesdames et monsieur les jurés m'accusent de tout, mais pas d'avoir tué ma compagne, que j'espère retrouver, vivante, dis-je, en jetant un œil en direction de Mariane, qui acquiesce discrètement.

Quelques heures plus tard, la sonnette retentit. La présidente, suivie de ses magistrats, entre. Vous pouvez vous asseoir, annonce-t-elle, avant de lire le verdict apporté par le jury.

Mes jambes sont sur le point de flancher.

À la question posée « L'accusé est-il coupable d'avoir donné volontairement la mort à Anna Emmes ? », la réponse du jury, à la majorité de huit voix moins une, est « Non ». En conséquence, le jury prononce l'acquittement de l'accusé.

Mes jambes se dérobent, je m'assois. Pendant que les membres du jury se lèvent pour quitter la salle, le soulagement et la gratitude me submergent.

Dans le public, les uns s'insurgent, d'autres se réjouissent.

Ma mère pleure de bonheur.

Mon regard s'arrête sur Mariane, qui me sourit. Elle vient de me sauver la vie. Cette femme *est* ma vie.

70 bis

La vie avec Mariane est douce. Nous profitons de ce répit. Nous passons autant de temps chez nous, à ne rien faire, qu'à nous promener le long des quais, sous le soleil irradiant le froid sec, jusqu'à nous réfugier dans un café envahi par la buée des parleurs. Nous discutons à bâtons rompus. Je n'ai pas repris mon travail. Je suis ce qu'on appelle un « homme au foyer ». J'aime l'idée, même si je sens parfois chez Mariane une forme de suspicion, elle vérifie tout : les tâches ménagères, les courses, la cuisine et mes activités dites « personnelles ». C'est de bonne guerre, je récolte ce que les hommes ont semé pendant des siècles de domination. Je regrette juste que ce soient ceux qui sont davantage ouverts à un rééquilibrage des tâches qui en pâtissent le plus, puisque le mâle alpha dominant est rarement inquiété pourvu qu'il cible les femelles moulées sur un modèle d'antan, il en reste, croyez-moi. Cela dit, si j'avais dès le début refusé d'être un mâle dominé, je serais SDF ou en prison.

Je ne me plains donc pas. Je me sens bien avec Mariane. Je ne pense presque plus aux métamorphoses. Je n'ai jamais osé lui avouer qu'elle pouvait être une de *ses* identités. Je commence moi-même à douter. Le phénomène serait-il en veilleuse, la charge indétectable, le processus à son minimum ? Je n'ai jamais parlé non plus à ma mère de cette histoire de kabbale et d'exorcisme, je ne crois pas en avoir envie, cette époque me semble révolue..., jusqu'à ce que Mariane me confie une peur qui la trouble au plus profond d'elle-même. Elle ne peut s'empêcher, elle, de penser aux métamorphoses. Est-ce la peur de l'éphémère, la fragilité de tout rapport amoureux, de la vie ? Ou bien est-elle réellement une des identités de ma compagne ? Ou encore est-ce moi qui projette, voire, qui produit, des mutations sur n'importe quelle femme avec laquelle je vivrais, et donc bientôt sur elle ? Et si elle se métamorphosait, que deviendrait-elle ? Si elle disparaissait pour laisser place à une *autre elle-même*, continuerait-elle sa vie sans moi, sans même s'en rendre compte, sans savoir que j'ai existé, en m'oubliant, donc en oubliant toute une partie de sa vie actuelle, une partie d'elle-même ? Ou disparaîtrait-elle tout bonnement, comme si elle mourait d'une mort plus désespérante que la « traditionnelle », car il n'y aurait aucune trace d'elle, pas même fumée ou cendres ? Son évaporation ne serait pas une mort, mais un concept de mort, une mort de mort. Que resterait-il d'elle à l'exception des vagues souvenirs de quelques-uns, furtifs, évanescents ? La seule personne qui conserverait une mémoire de son existence, ce serait moi, Nathan. On dit que la mémoire des vivants est le seul au-delà possible. Son paradis ou son enfer, ce ne sont pas *les* autres, c'est *un* autre : *moi*, puisque moi seul me souviendrais d'elle. Je suis son enfer. Ou son paradis. C'est selon. Que de questions. J'ai peur, Nathan, me dit-elle, avant de fondre en larmes.

Je lui demande pardon, pardon d'avoir pensé davantage à moi qu'à elle. Je la prends dans mes bras. Je la rassure sur ses craintes, légitimes, de son éventuelle disparition. Je lui dis que tout schéma ne se répète pas forcément, tout mécanisme n'est pas toujours cyclique. Ce processus de métamorphose, s'il s'avère subsister en elle, s'est peut-être dissous. Plusieurs marqueurs en seraient annonciateurs : jamais elle n'aurait été consciente à ce point du phénomène, jamais elle n'aurait subi aussi peu de mutations sur un laps de temps si long. Même la mienne, d'identité, qui a pourtant ô combien plus d'inertie que la sienne, a subi une métamorphose remarquable : pour la première fois, je me fais du souci pour elle. J'utilise le terme « souci » à dessein. Le souci que je ressens à son sujet n'est pas seulement ce que mon être sensible éprouve, il rappelle la fragilité de la vie, les incertitudes de l'avenir, parce qu'*elle* a été – comme nous le sommes tous mais de manière moins éclatante – sans cesse décalée par rapport à elle-même. Et comme elle m'échappait en permanence, me faisait souffrir parfois, sans le savoir, j'aurais pu vouloir faire disparaître le mal en *la* faisant disparaître – qu'elle pardonne cette pensée si sombre, c'est pour qu'elle comprenne d'autant mieux ma reconnaissance. Est-ce cela le sens de cette épreuve : dois-je m'oublier pour reconnaître l'autre, pour me reconnaître en elle ? Cette prise de conscience me désarme. Je la remercie, infiniment.

Elle m'avoue alors que mes mots la touchent, même si elle n'est pas sûre de tout saisir, parce qu'elle n'a pas vécu avec un *métamorphe* – en formulant ce dernier mot, elle rit, nerveusement, elle se rend compte qu'elle pourrait en être une. Ce pouvoir, dit-elle plus tristement, si je le possède, m'enfermerait plus qu'il ne me libérerait, je serais comme une amnésique qui ne contrôlerait pas sa vie.

Je l'embrasse tendrement, je sens son corps chaud, son parfum, qui convoquent quantité de souvenirs épars. Nous nous serrons fort, très fort.

J'aimerais avoir un enfant de toi, ajoute-t-elle.

Je devrais être ravi de donner la vie, si quelques peurs ne me paralysaient : la responsabilité de la fonction, mais surtout, pour être honnête – mes obsessions reviennent –, les conséquences héréditaires que subirait l'enfant, la manifestation d'une première mutation dans le ventre même de sa mère. Mariane, elle, trouve que mes craintes sont injustifiées. Depuis notre conversation, elle a remis en cause ma théorie. Je ne m'explique toujours pas non plus l'arrêt du phénomène. Mais cela ne m'empêche pas de redouter d'avoir un enfant qui se métamorphoserait avant la naissance. Il faudrait multiplier les séances d'échographie, je ne saurais comment alerter le médecin sur certaines particularités de Mariane. Si c'est uniquement la mère qui transmet le gène, le pouvoir de l'enfant sera peut-être atténué, un peu comme la couleur de la peau noire s'éclaircit à force de mixités. Ou au contraire se renforcera-t-il, comme ces métissages humains qui endurcissent la résistance aux agressions, alors que la consanguinité, elle, l'affaiblit. Ou pire, la mixité ne s'adaptera pas entièrement, comme les dents d'un géant massaï dans la mâchoire d'une frêle Bretonne, auquel cas, une partie de l'organisme se transformera, mais pas l'autre, l'enfant sera difforme dès la première mutation. Je pense bien sûr au visage, au cœur, au cerveau, mais aux cellules elles-mêmes : si le processus est à moitié abouti, il transformera jusqu'aux propriétés de la chair, ce sera comme une multitude de greffes d'organe rejetées dans l'ensemble du corps.

Malgré mes craintes, je me fais peu à peu à l'idée d'avoir un enfant. Au-delà de l'être aimé, de ma chère Mariane, de son corps, de son visage et de l'érotisme auquel je les associe, l'accomplissement de notre relation pourrait se concrétiser par un être, ce dernier étant à la fois une part de moi-même et tout à fait autre. Ne pas avoir d'enfant serait-il un non-accomplissement à ma réalisation ? Cette pensée me paraît folle. Peut-être la joie d'avoir un enfant relève-t-elle une curiosité plus perverse, celle du scientifique qui voudrait être témoin d'une des expérimentations les plus importantes de l'histoire de l'humanité : observer un enfant *métamorphe* grandir, et l'aider à maîtriser son « talent ».

Un soir, nous faisons l'amour avec une sensualité que je n'avais pas ressentie jusqu'ici. Jamais je ne l'ai autant désirée, aimée. Jamais sa nudité n'a été aussi troublante. Ses seins, son ventre et son sexe contre mon corps sont d'une douceur si invraisemblable que nos traîtres orgasmes nous anéantissent l'un et l'autre.

Dans le noir profond de la nuit, son visage penché au-dessus de moi semble se délayer comme une encre de Chine dans l'eau, liquide originel, nymphal. Je crois voir apparaître des taches de blancheur sur une peau d'ébène, des yeux vert éclair percer la pénombre. Je tends ma main pour toucher ce visage en négatif. C'est dans la noirceur trouée d'une multitude de points lumineux que mes doigts se perdent, balayant l'air et masquant au passage le halo de la Voie lactée, car ce n'est plus son visage que je vois, c'est

le ciel étoilé,

le cosmos en expansion. La présence de mon amour, mon alter ego, mon altérité, n'a pas de bornes. Je ne pourrai jamais la saisir. Mais elle induit un sens. Celui du ciel. Alors qu'elle m'échappe définitivement, je lui dis : Où es-tu ? Et j'entends sa voix me répondre, au loin, en écho :

Es-tu ?

Puis le silence. Le battement lointain d'un pulsar. Celui, sourd, de la genèse. De la vie. Cœur qui cogne à contretemps sur fond de circulation sanguine. En apesanteur. Flottant dans les eaux. Attendant le commencement. Le souffle et la lumière.

Remerciements

Un grand merci à Sandrine Couzinet, Muriel Fischman-Mathis, Édith Gorren, Julien Kahn, Julie Knosp, Liora Meron, Julien Nabot, Chiara Pavan et Marc Tassera (CERN) pour leur aide précieuse pendant mon travail de documentation ; à David Crozier, Célia Granier-Deferre, Yaël Hirsch, Jéssika Manrique Gonzalez, Anne Marion-Gallois, Polina Panassenko, Mathilde Perchet, Christine Salles et Hyam Zaytoun pour nos riches et joyeux échanges ; à Caroline Moukarzel pour son tendre soutien ; à Cécile Mathieu pour ses multiples et indispensables lectures ; à Hélène Frappat pour n'avoir jamais douté ; à Myriam Anderson qui, toutes ces années, m'a donné force et courage dans mes choix esthétiques ; à Elisabeth Samama, pour ses valeurs et sa ténacité ; à Marie Lavallée et à toute l'équipe des éditions Julliard pour leur engagement ; enfin, à Vanessa Springora, à qui je dois beaucoup, vraiment, à commencer par ce livre.

Composition et mise en pages
Nord Compo à Villeneuve-d'Ascq

FSC
www.fsc.org
MIXTE
Papier issu de sources responsables
FSC® C003309

L'éditeur de cet ouvrage s'engage dans une démarche de certification FSC® qui contribue à la préservation des forêts pour les générations futures.

Pour en savoir plus :
www.editis.com/engagement-rse/

CET OUVRAGE
A ÉTÉ ACHEVÉ D'IMPRIMER
SUR ROTO-PAGE
PAR L'IMPRIMERIE FLOCH
À MAYENNE EN AOÛT 2021

Dépôt légal : août 2021
N° d'édition : 62344/01 – N° d'impression : 98694
Imprimé en France